明解日本語の歌

周昌葉 編著

III

序言

　　《明解日本語の歌Ⅱ》出版後，又過多年。這次選輯曲子當中，有新有舊，收納學生必唱的日本經典懷念演歌和時下傳唱的流行曲，再度整理編譯成冊。

　　將歌謠之研究集結付梓的初心和理念，就是本於語言翻譯之「眞、善、美」以及「信、達、雅」之追求。歌曲句句的原意，眞誠探究，字字語彙，字字斟酌，詳細剖析，均本著日語文法之紮實專業基礎，科學化地確實譯出原曲的眞正面貌，才能將它忠實地呈現在讀者面前。

　　此外，本書也針對被傳唱的特殊曲子的年代背景、作曲、作詞家、歌手個性等，參考了日本相關演歌書籍後，加以註解說明，務期歌者能對該曲背景有全面性的理解，亦祈望能欣賞每首曲子之深奧意境，吟唱出歌曲之美，增進日語文能力、認識與學習信心。

　　綜觀 YouTube 網路上或坊間有關日語歌譯文，或有誤譯者，或有知其然，而不知所以然者，或有華而不實者甚多，實令人遺憾。此乃本人繼續編譯本書的最大動機。

　　現在，臺灣的國際化、自由化趨勢不變，臺日關係友好與緊密，兩國旅遊經商絡繹不絕，日臺交流大爆發的好時代。

　　據臺灣交通部觀光局統計資料庫顯示，COVID-19疫情爆發前的 2019 年，臺日兩國往來總人數，來臺日人計約 216 萬人，去日臺人則高達約 491 萬人，交流互動極頻繁。

　　已經民主自由化的臺灣，國內高中普設日語選修，大專院校大量開設日語系，學習層深化擴大，而且參與日文檢定者，亦逐年成長。因此，透過本書學唱日語歌，應是學習者在學習過程中的重要選項。

　　本人對音樂並非內行，時間也有限，才疏學淺，倉卒付梓，如有不周之處，尚祈各界先進不吝指教，最後深盼每位日語歌學習者，參考本書後，能夠透過音符，理解歌曲原意和精髓，有所助益，而展現出您的美聲和情感。出版之際，感謝各界支持、愛護與勉勵。

2022 年 7 月

本書特點

1. 本書對語詞分類明確，分析詳細，閱讀本書時，可不用再翻閱字典，易懂易學，事半功倍。

2. 歌詞漢字之處，一律假名注音，方便初學者學習。

3. 歌謠內含口白的歌曲，本書附上原文內容，並作詳細分析解釋翻譯，絕無疏漏。

4. 歌詞原文和分段方面，臺灣已出版的歌謠本，數量有限，以及市售 VCD、YouTube 等數位軟體上，或有歌詞錯誤者，或有未分段，或有分段錯誤者，複雜紊亂，令愛歌者無所適從。有鑑於此，本書收集日本出版之相關演歌書籍、雜誌後，按原詞曲列段，並參考日文音樂網站，校正歌詞，精準分段。

5. 本書首重活用語文法變化過程之演變與分析，譯文於「法」（文法）有據，追本溯源，字字斟酌，詞詞有據，句句有理，均有所本，逐一分析，務祈使讀者於學習歌謠中，得以了解日語結構，掌握日語精髓，確實譯出原貌。

6. 活用語動詞篇文法分析方面，本書除以公式表列外，並配以文字敘述文法變化步驟和過程，足當豐

富日語基本教材。例如①「眠る」〈睡覺、睡眠〉
→→「眠れる」〈可以睡得著、睡得著〉＋「ない」
（助動）→→「眠れない」〈睡不著〉，清晰說明動
詞變化過程。又如被動式表現法，「呼ぶ」〈叫、呼
喚〉＋「れる」（助動）→→「呼ばれる」（被叫）
＋「て」（接助）→→「呼ばれて」。②例如「二輪
草」中的歌詞的「雨よ！降れ！降れ！」，「降る」
（自Ⅰ）〈會下、下〉→→「降れ」〈下！下
啊！〉。「降れ」爲動詞的命令形，命令形第一類動
詞以其語尾「え」段音變化而成。例如①「行く」
→→「行け」②「飲む」→→「飲め」③「頑張
る」→→「頑張れ」。日文的命令形其意有四：①
斥責、命令②緊急③鼓勵、祈願④放任。此處「降
れ」用法，表希望、祈願之意。整句譯爲「雨啊！
下啊！下啊！」。

7. 歌詞中現代文、文言文文法，予以分析與解說。尤
其助詞、接續助詞、助動詞文組成的要素，助詞誤
判，語意皆錯，不懂助詞，亦無法確切掌握眞正的
日語含意。例如：

① 「二輪草」中的歌詞「喧嘩したって」的分
析→→「喧嘩」（名、他Ⅲ）〈吵架、口角〉
→→「喧嘩する」＋「たって」（接助）→→

「喧嘩したって」〈即使吵架〉。「V2」＋「たって」（接助）＝「V2」＋「ても」。

②　早春賦歌詞，「時にあらずと声も立てず」的分析如下；「時にある」（文）＝「時です」（現）〈是時候〉。「時にある」＋「ず」（助動）→→「時にあらず」〈不是時候〉。「時にあらず」（文）＝「時でない」（現）。「時にあらず」＋「と」（接助）＝「時でないと」〈不是時候的話…〉。「～にあらず」＝【～に非ず】＝【～に有らず】＝【～に在らず】＝【～に匪ず】

8. 授受動詞是學日語的三大難題之一。例如「達者でナ」這首中的授受動詞句爲「V2 て形」＋「やる」。「やる」爲對晩輩或對動植物、無生物、或粗魯時的用法。「V2 て形」＋「やる」〈幫他…／幫你…／給他…／給你…〉＝「V2 て形」＋「あげる」〈對平輩用法〉＝「V2 て形」＋「差し上げる」〈對長輩用〉〈幫您…給您…〉的使用法分別。

9. 日語的縮音用法，本書也列舉公式，詳細說明原委。例如「あん時やどしゃぶり」這首歌名爲例，「あん時ゃ＝「あのときゃ」〈那時侯、那時〉，「あの」的「の」的羅馬拼音是「NO」，因省略母

音「O」，而只發「N」的音，而成爲「あん」。「時
ゃ」＝「とき」（名）＋「や」（終助/間投助詞）
→→「ときゃ」【時ゃ】。口語上，快速連結發音成
爲拗音「ときゃ」。又如「都会の雀」這首中的
「俺ンち来いよ」＝「俺の家来いよ」〈來我的家
呦！〉，這也是助詞的母音「O」省略後的方言說
法。

10. 每首歌的名詞，深入探究其意。例如「緣」這曲
子，【緣】同一漢字，念法有三，「えん」、「えに
し」和「ゆかり」。經研究後，本曲發音爲「えに
し」，一意爲緣分，二意爲姻緣。它發音爲「えに
し」乃指源自於宿命論下而結合的一種緣。狹義說
法，則爲男女之間之緣分，屬於違背一般社會傳統
道德倫理的「孽緣」。此外，「現世」①發音爲「げ
んせい」和「げんせ」時，指地質時代最後一世，
以人類史來說，約等於新石器時代的這一世。②而
發音爲「げんぜ」時爲佛教用語，其分爲前世、現
世、來世。③訓讀發音爲「うつしよ」＝【この
世】指生命中當下的這一生。

11. 名詞方面，有時使用漢字表記，有時只用假名，追
究其因，有其緣故。例如「酒のやど」這首歌名，
不寫有漢字的「酒の宿」，其因爲何？還有，這首

歌詞第一句的「おんな」也不寫漢字【女】，各有其深層涵義。該歌詞中的「西から流れてきた」，為何女人從西邊流浪過來，本書也於與詳細解析。另外「アンコ椿は恋の花」這首歌的歌詞有句「十六の長い黒髪をプッツリ切って」，至於女人為何剪掉16歲長髮，本書多有詳解。

12. 針對古文文法，詳細解說。例如「思ふ」（他四，文言文四段活用）（文）（は／ひ／ふ／ふ／へ／へ）＝（わ／い／う／う／え／え），故加上「ば」或「ど」時會是「思へば」（文言文表記）和「思へど」（文言文表記），若寫成白話文表記為「思えば」〔順接確定條件〕和「思えど」〔逆接確定條件〕。

本書用法

1. 本書歌曲名目錄，按兩種方式排列：①按日語五十音依序。②按翻譯後之中文曲名筆劃檢索。

2. 將重要之動詞、形容詞、形容動詞、助動詞文法變化、文型代號，製成表格，附錄於書後，以利讀者隨手翻閱檢索。

3. 文法敘述方面，盡量以中文代號表示，但因篇幅關係，也有的文法文型以英文符號表示，例如 N（名詞）、Adj（形容詞）等。閱讀時，如有不順之處，請檢閱凡例和語法一覽表對照。中文符號適合年長讀者，英文符號適合年輕族群。解釋說明或文法文型重複例子出現者，請對照☞P。文法變化表則請參照☞表。

4. 歌詞中艱澀之名詞、引喻、暗示、影射或暗喻用法，本書經多次推敲作詞者原意，斟酌判定，分析於文型解釋或附註中。

5. 譯文方面，有的依歌詞逐句按順序翻譯，有的按前後上下連成　句譯出，也有連續四句成為一句的歌詞，故翻譯時依曲子不同，譯法稍異，但譯文盡量

逐句，直譯方式處理，以利對照歌詞，蒐尋原文閱讀。但多數曲子，均歌詞屬前後倒置寫法，亦或兩三四句組合成的複合句。因此，這類曲子多採用前後句組合爲一，合併意譯，以達忠於原文，通順易懂之最高境地。

範例

1. 【 】……………………………………表記日語之漢字
2. ＝…………………………………………表意思相同句子
3. 〈 〉……………………………………表中文翻譯內容
4. （ ）……………………………………表日本語文法詞性
5. →→ ……………………………………表文法演變過程
6. 「～」………表前面所接之體言或用言，表日本語
   文型… 例：「～まで」
7. ※…………………………………………表歌詞反覆記號
8. ☞P ……………………………………表前往參照頁數
9. ☞表………………………………………參照文法表
10. （V）………………………………………………動詞
11. （自Ⅰ）………………………………………自動詞第一類
12. （自Ⅱ）………………………………………自動詞第二類
13. （自Ⅲ）………………………………………自動詞第三類
14. （他Ⅰ）………………………………………他動詞第一類
15. （他Ⅱ）………………………………………他動詞第二類
16. （他Ⅲ）………………………………………他動詞第二類
17. （V1）………………………動詞第一變化（未然形）

32. （Adjv3）………………形容動詞第三變化（な形
    形容詞終止形、辭書形、字典形）

33. （Adjv4）………………形容動詞第四變化（な形
    形容詞連體形）

34. （Adjv5）………………形容動詞第五變化（な形
    形容詞假定形）

35. （文語）（文）…………文言文、古文例：「憂し」

36. （名）／（N）……………名詞例：「花」、「ここ」

37. （形式名）…………形式名詞例「こと」、「もの」

38. （代）………………代名詞例：「あなた」、「彼」

39. （連體）…………連體詞例：「この」、「ほんの」

40. （連語）…………………………………例：「とも」

41. （敬）………………敬語例：「ご覧」、「殿」、「いら
    っしゃる」

42. （現）…………………………………………現代語

43. （助動）………………助動詞例：「ようだ」

44. （格助）………………格助詞例：「が」、「に」

45. （副助）………………副助詞例：「は」、「まで」

46. （副）………………副詞例：「思い切り、
    「どうせ」、「こっそり」

47. （接助）………………接續助詞例：「ても」、
    「が」

48. （終助）……………………終助詞例：「よ」、「ね」

49. （感）…………………………感嘆詞例：「ああ」

50. （接）…………………………接續詞例：「それから」、
「さては」

51. （接尾）……………………接尾詞例：「だらけ」、
「さ」、「ら」、「殿」

52. （慣）…………………………慣用語例：「〜んじゃ
ない」

53. （俗）……………………俗語例：「角を生やす」

54. （片）……………………………例：「胸が弾む」、
「気にかかる」、「けりをつける」

55. （諺）…………………諺語例：「縁も縁もない」、

「転がる石に苔生さず」

56. （副／形動な）……………兼副詞和形容動詞詞性
例：「遥か」

57. （名／形動な）……………兼名詞和形容動詞詞性
例：「馬鹿」

何謂「演歌」？

　　日本演歌的緣由歷史，在拙作《明解日本語の歌Ⅰ》書中，業已提及過，在本集中再作增補解釋。

　　根據「維基百科全書」（Wikipedia）（網路版）將其定義爲日本大眾歌謠分類之一，是一種基於日本人獨特情感所唱出的娛樂性歌曲，由於歌手的唱法和歌詞之性質不同，有時候也用「艷歌」或「怨歌」的漢字取代之，因爲這兩組漢字發音跟「演歌」發音相同。而名作詞家「阿久悠」（1937-2007）則另主張應該寫成「宴歌」，顧名思義，意指在宴會上藉著酒的力量，直接唱出自我內心的感動和起伏的就稱之爲「演歌」。

　　日本古時音階多以五階爲主，據考證中國古時候的五音階「宮、商、角、徵、羽」，乃於奈良時代傳入日本，而西洋音階以七音階歌唱，爲此，演歌的唱法要將西洋音樂的七音階當作五音階來唱，就必須拿掉第四音和第七音，然後把第七音當作第五音，所以另外又叫做「除四七音階」（ヨナ抜き音階），大致相當於西洋音樂簡譜上的唱名（do）、（re）、（mi）、（sol）、（la）。（故稱爲五音音階）。在世界音樂中，日本、朝鮮半島、中

國、蒙古、西藏、不丹、泰國、緬甸、柬埔寨、印尼、烏干達、蘇丹、南非等國都聽得見這種音樂。這種唱法後來由「古賀正男」（1904-1978）（＝「古賀 政男」）定型之後，稱之爲「古賀旋律」，而後就成爲演歌的獨特音階唱法。在「古賀旋律」出現初期，獲得代表古典正統學派的日本東京藝術大學的「藤山一郎」正式認可，因而風靡一時。同時「古賀旋律」成爲日本音樂界歌唱技巧的表現法，而後其地位也日趨穩固。

1960 年後，演歌巨匠「美空雲雀」的時代，她運用「小節」（こぶし），唱出演歌歌手自己的個性，此時的「古賀旋律」更添韻味與附有個性。所謂「小節」是花腔或裝飾音，這是詠唱演歌時不可或缺的技巧之一。

演歌歌手的服飾方面，尤其是女性，一定要身著日本代表性傳統服飾──和服。

演歌歌詞的內容多以男女情愫、雨、雪、海、北國、旅、酒、淚、戀情、離別爲主題。

如果說「鄉村歌曲」如實地代表美國人的心，那麼深刻描繪日本人的心的音樂就非「演歌」莫屬。「演歌」在明治、大正時代被定位成爲流行歌曲之後，進入昭和時期，由巨星「美空雲雀」、「石川さゆり」、「北島三郎」、「森進一」等人，唱出大紅大紫的流行演歌，成功奠定演歌地位。

　　演歌歌謠曲主要以社會底層庶民生活爲題材，包含有花鳥風月、男女愛情的憐憫、世間感嘆、觸景傷情、祭典之讚揚等，均屬演歌的核心元素。拙作書名爲「明解日本語の歌」，而非「明解日本演歌」，乃因內容中也編入知名現代的一般流行歌之故。

目錄

20

中文曲名目錄

日語歌名索引（按五十音順）

一、アンコ椿は恋の花
【姑娘山茶花是戀愛之花】

作詞：星野哲郎｜作曲：市川昭介

唄：都はるみ｜1964

一、

1. 三日おくれの便りをのせて

   船載著遲到三天的信，

2. 船が行く行く　波浮港

   往波浮港而去。

3. いくら　好きでも　あなたは遠い

   不管多麼愛你，你依然往遙遠的海的那端而去，

4. 波の彼方へ　去ったきり

   一去不回頭。

5. あんこ便りは　あんこ便りは

姑娘的信，姑娘的信，

6. あゝ　片便り

啊！是封無回音的信。

二、

7. 三原山から　吹き出す煙

從三原山噴出的煙，

8. 北へなびけば　思い出す

往北飄散，就會想起你。

9. 惚れちゃならない　都の人に

對不該迷戀的都市人，寄予的一份思念，

10. よせる思いが　灯ともえて

跟著燭光，一起燃燒，

11. あんこ 椿<ruby>つばき</ruby> は　あんこ 椿<ruby>つばき</ruby> は

姑娘山茶花，姑娘山茶花，

12. あゝ　すゝりなき

啊！是一陣啜泣。

三、

13. 風<ruby>かぜ</ruby> にひらひら　かすりの裾<ruby>すそ</ruby> が

梭織花樣的裙襬，若隨風飄舞，

14. 舞<ruby>ま</ruby> えば、はずかし　十六<ruby>じゅうろく</ruby> の

就會害羞。

15. 長い黒髪<ruby>くろかみ</ruby>　プッツリ切<ruby>き</ruby> って

喀嚓剪掉十六年的烏黑長髮，

16. かえるカモメに　たくしたや

託付給要回家的海鷗了啊！

17. あんこつぼみは　あんこつぼみは

姑娘的花蕾，姑娘的花蕾，

30

18. あゝ　恋の花

啊！是朵戀愛之花。

語詞分析

1.　這首歌是「都春美」在 1964 年發行的暢銷百萬張唱片單曲，並且得到當年唱片新人獎大獎。她唱腔尾勁強烈，如浪般的力道，一波波的高音，上下起伏，唱法獨特，所以，當時被喻為「はるみ節」（譯為「春美調」）。1984 年她引退時，在『第 35 回 NHK 紅白歌合戰』舞臺上，由臺上全體歌手演唱這首「アンコ椿は恋の花」，場面感人。1994 年的『思い出の紅白歌合戰』回顧演唱會上，她再度熱唱這首名曲，而在 1989 年的『第 40 回 NHK 紅白歌合戰』上，該曲又作為對抗賽壓軸曲。

2.　アンコ：是名詞，是日本東京都大島町的「伊豆大島」地區的方言，本來是「あねっこ」（姉っこ），意思是「若い娘」、「お姉さん」、「娘さん」，是當地對稍微年長的姑娘的稱呼。歌詞加上「椿」後成

爲「アンコ椿」，這並不是一種山茶花的品種名，而是暗指年少姑娘對愛情的思慕和嚮往之心，有如紅色山茶花般燃燒著。所以「アンコ」若翻譯爲臺語，是稱呼爲比男生年長的姑娘，臺語暱稱爲「姊啊！」。本來一般「アンコ」的意思有①以紅豆或地瓜、栗子加糖作成餡的「和菓子」。②包在包子、餃子或燒賣中的內餡。另外，第 7 句的地名「三原山」（海拔 758M）是座位於「伊豆大島」的火山。

3. 三日遲れ：「遲れ」是動詞「遲れる」的名詞形，前面接名詞成爲名詞組。譬如「時代遲れ」〈落伍、跟不上時代〉。「三分遲れ」〈遲到三分鐘、晚三分〉。「三日遲れ」意思爲遲到三天，晚三天。

4. 三日遲れの便りを載せて：「載せる」（他Ⅱ）①搭載、搭乘②登載、刊登③擺上④誘騙⑤傳播⑥參加⑦和著拍子。「便り」（名）信、消息。「載せて」的接續助詞「て」表動作接續或狀況提示。

5. 船が行く行く波浮港：動詞「V4」修飾「波浮港」（位於東京都大島町），直譯是『船要去的「波浮港」』、『船要開往的「波浮港」』。不過這句，應該和第一句結合起來翻譯，變成〈船載著晚到三天的信，往「波浮港」開去〉。動詞「載せる」的主語

32

是船。

6. いくら好きでも：這句意思是不管多麼愛你。「好きです」＋「でも」→→「好きでも」。句型是「いくら」（N/ADJV）＋「V2」＋「ても」（接助）☞p67-12。動詞音便或名詞和「な」形加上「ても」必須為「でも」,〈不論、不管…也…〉例：

① 「いくら、高くても、買いたいです」〈不管多麼貴,也想買〉

② 「いくら、勉強しても、覚えられない」〈不管怎麼用功,也都記不起來〉

③ 「いくら、大声で叫んでも、返事はなかった」〈無論多大聲叫喊,也都沒回應〉

④ 「いくら、否定しても、消えない」〈不管怎樣否定他,他也不會消失〉

⑤ 「いくら、食べても、太らない人が羨ましい」〈我很羨慕不管怎樣吃,都不會胖的人〉

7. あなたは遠い波の彼方へ去ったきり：「彼方」（名）讀成「かなた」。「V2 た形」＋「きり」（副助）有限定範圍、不會再發生該動作的極限之意,表示只有、僅有。

例①：「一人きりになる」（只有一個人）

例②：「先月会ったきり、顔を見ていない」（上個

月見過後，再也沒看過）。

例③：「何を聞いても、黙っているきりだ」（問甚麼，也都默不作聲）。

「去る」（自Ⅰ）有離去、遠去、過去、走掉之意。所以「遠い波の彼方へ去ったきり」整句歌詞是「只往遙遠的海浪那頭遠去」（意涵一去不回頭）。「去る」本來發音為【さる】，它的過去為「さった」，但這裡發音為「行った」【いった】。「去る」【さる】的用法例子如①「世を去る」〈離世〉②「故郷を去る」〈離開故鄉〉③「舞台を去る」〈離開舞臺〉④「東京を去る」〈離開東京〉⑤「雜念を去る」〈去除雜念〉。「波の彼方へ去った」這裡用表動詞的方向格助詞「へ」，沒使用常用表離開場所的「を」，故，作詞者將「去る」發音成【いった】。

8. 便り：（名）信、信息、音信、消息。「あんこ」（名）＋「便り」（名）→→「あんこ便」〈姑娘的信〉。「便り」【たより】因為前接名詞變成濁音【だより】。

9. あゝ：＝【ああ】（感）。「ゝ」是日文的假名的重疊表記符號。「あゝ」〈啊！唉！〉。詳見本篇解釋16。

10. 片便り：（名）沒有回音的信。

11. 歌詞第 5 第 6 句為完整一句。「あんこ便りは、あんこ便りは、あゝ、片便り」。翻為「姑娘的信，姑娘的信，啊！是一封無回音的信」。

12. 吹きだす煙：漢字為「噴き出す」（自 I）①噴出、湧出②忍不住笑出。這裡用動詞修飾名詞「煙」，譯為噴出的煙或冒出的煙。

13. 北へなびけば：「へ」（格助）表動詞的動作方向。「なびく」【靡く】（自 I）①隨風搖曳、飄散②服從。「V5」＋「ば」（接助）→→句型翻譯為「若…就…」，日文假設語氣的說法之一。例：

① 「例を引けば、すぐ分かります」
〈舉例就能馬上了解〉

② 「雨が降れば、行かない」
〈若是下雨就不去〉

③ 「お金があれば、旅行に行きます」
〈有錢就會去旅行〉

④ 「一日休めば、元気になるさ」
〈休息一天，就會有精神的啦！〉

⑤ 「春が来れば、桜が咲く」
〈春天一來，櫻花就開〉

14. 惚れちゃならない都の人に：「惚れる」（自Ⅱ）①出神②迷戀③欽佩。「ちゃ」爲「ては」（接助）的口語縮音表現，本來的句型爲「V2」＋「ては」＋「ならない」→→「V2」＋「てはならない」→→「V2」＋「ちゃならない」〈不行…〉〈不可以…〉，這是禁止句句型。「V2」＋「ては」＋「ならない」＝「V2」＋「ては」＋「いけない」，而前者比較屬於書面用法於法律禁止行爲和文書時用，比後者「V2」＋「ては」＋「いけない」具有口語上的約束力。

例1：「ペットを虐待してはならない」
〈嚴禁虐待動物〉

例2：「このことは決して話してはならないぞ」
〈這事絕對不可說喔！〉

例3：「絶対に忘れてはならない」
〈絕對不可忘記〉

歌詞「惚れてはならない」修飾「都の人」翻譯爲不可迷戀的都市人。「に」（格助）這裡是下接動詞「よせる」，表動詞對象用法。「よせる」【寄せる】（他Ⅰ）①使靠近②集中③投稿④提出⑤加（數字）⑥寄予、思慕。

15. 灯ともえて：「と」（格助）這裡是主語「思い」的動詞共事者用法，翻譯成「和」，「思いが灯と燃える」〈思念跟著燈火（燭火）燃燒〉。歌詞第 9 句第 10 句合併之後，「都の人によせる思いが灯と燃える」是連體修飾語當主詞，譯為寄予都市人的思念跟著燈火燃燒。「燃える」→→「燃えて」的「て」形，表事實說明或強烈判斷主張。

16. すゝりなき：「すすりなき」＝「啜り泣き」。「すゝり」的「ゝ」為日語假名中兩個音重疊的表記法，而漢字兩兩連接時的「踊り字」〈疊字符號〉寫法，漢字假名疊字符號如下，例①「人々」＝「人人」②「代代木」＝「代々木（よよぎ）」③「時時」＝「時々（ときどき）」④「こころ」＝「こゝろ」⑤「いすゞ自動車」＝「いすず自動車」。歌詞「すすりなき」是動詞【「啜り泣く】（自Ⅰ）的名詞形。意即啜泣。

17. ひらひら：擬態語，輕飄飄樣。用來修飾「舞う」動作。主詞是「かすりの裾」【絣の裾】【飛白の裾】〈梭織花樣的裙襬、灰黑白花樣〉。「舞う」（自Ⅰ）①飛舞②舞蹈。「ひらひら舞う」即可翻譯為輕輕地飛舞。

18. かすりの裾：（名）「かすり」＝【絣】是布的織法之一。經緯線交叉織的一種圖樣織法，稱爲「梭織法」。此歌詞意爲「梭織花樣的裙擺」。按日文版維基百科（jp.wikipedia.org/wiki），日本三大梭織編織名布爲；「日本伊予絣」（又稱松山絣）、「久留米絣」和「備後絣」。

19. 舞えば：「舞う」（自Ⅰ）＋「ば」→→「舞えば」翻譯爲「飛舞的話就…」。見本解釋 13。

20. 恥ずかし：（文）＝現代文的「恥ずかしい」。意即害羞，不好意思。

21. 十六の長い黒髪プッツリ切って：＝「十六の長い黒髪をプッツリ切って」歌詞中省去「を」。「プッツリ」＝「ぶっつり」（副）擬聲語，指線或繩子斷掉的聲音。喀嚓的意思。整句翻譯爲剪掉十六年的長長黑髮。女人爲何要剪掉長長黑髮，也是歌詞中要用欣賞角度去推敲的部分，本人認爲其中涵意之一指失戀，這封信已經慢三天寄出，表對心愛的人即將死心之傾向，涵意之二，剪髮爲工作，該女孩將轉念專心於事業上。其三，或許已經身旁另有他人，且懷孕中，剪去長髮準備生產照顧家庭。

22. かえるカモメに託したや：「かえるカモメ」（要回家的海鷗）。「に」（格助）是「託す」的動作對

象。「託す」（他Ⅰ）＝「託する」（他Ⅲ）①委
託、託付②藉口、託③寄託。「や」（終助）文末用
法，此處表輕微斷言或疑問之意。「託す」→「託
した」（過去式）〈託付了〉＋「や」→「託した
や」〈託付了啊！〉

23. つぼみ：【蕾】（名）花蕾。

二、あん時ゃどしゃぶり
【那時候，一陣傾盆大雨】

作詞：矢野亮｜作曲：佐伯としを

唄：春日八郎｜1957

一、

1. あん時ゃどしゃぶり　雨ん中

   那時候啊！在一陣傾盆大雨的雨中。

2. 胸をはずませ　濡れて待ってた　街の角

   令我心雀躍期待，在街角淋濕著等，

3. ああ　初恋って言う奴ぁ　素晴らしいもんさ

   啊！要說初戀這事啊！棒極了呀！

4. 遠い日のこと　みんな夢

   昔日之事，都是一場夢，

40

5. ひとりしみじみ　思い出してる　雨ん中

在雨中，一個人深深地想著。

二、

6. あん時ゃどしゃぶり　雨ん中

那時候啊！在一陣傾盆大雨的雨中。

7. 離れられずに濡れて歩いた　何処までも

無論到何處，也都淋著雨走著，無法分離。

8. ああ別れるって言う奴ぁ　たまんないもんさ

啊！要說要分手這事啊！受不了呦！

9. 辛い運命を　恨んだよ

我恨痛苦的命運啊！

10. ひとりしみじみ　思い出してる　雨ん中

在雨中，一個人深思著。

三、

11. あん時ゃどしゃぶり　雨ん中

那時候啊！在一陣傾盆大雨的雨中。

12. やけのやん八　濡れて泣いたぜ　思い切り

死心地自棄地被雨淋濕而哭了呀！

13. ああ　思い出って言う奴ぁ　ほろ苦いもんさ

啊！說是一段回憶啊！一種微苦之味啊！

14. 今じゃあの娘も　どうしてか

現在，那姑娘，不知怎麼樣呢？

15. ひとりしみじみ　思い出してる　雨ん中

我一個人在雨中深思著。

語詞分析

1. 這首歌類似 1939 年發行的「或る雨の午後」【ある あめのごご】兩首歌均以雨爲背景描寫,「或る雨 の午後」是壓抑戀愛情感的發洩,而本曲則藉雨抒 發個人情感。以戀愛而言,戀愛成功和失戀,其當 下的天氣、時間、場所、風景,以及戀愛的喜悅或 失戀傷痛,常存當事人記憶思念中。失戀的傷和戀 愛甜蜜喜樂令人難以忘懷。但通常,失戀會比戀愛 成功更刻骨銘心,更深深地感動人。因此,本首的 傾盆大雨場景,三段歌詞中,有兩段描述失戀的 痛。證明了失戀者,有份這陣大雨記憶,也是戀人 們無可替代的心緒財產。

2. あん時ゃ:=「あのときゃ」〈那時候啊!那時 啊!〉,「あの」的「の」的羅馬拼音是「NO」,因 省略母音「O」,而只發撥音「N」的音,而成爲 「あん」,撥音類似鼻音,這是大阪腔的常用口語 說法,例如「君の家」→→「君ん家」發音爲「き みんち」 ☞p205 11 。「時ゃ」-「とき」(名)、 「ゃ」(終助/間投助詞)→→「ときゃ」口語 上,快速連結發音成爲拗音「ときゃ」。「とき」名

詞加上「や」表呼喚、詠嘆、加強語氣。①「太郎や、ちょっと、おいで」〈太郎啊！你來一下〉（表呼喚）②「またもや、失敗に終わった」〈又歸於失敗〉（加強語氣）③「古池や、かわず飛び込む、水の音」〈寂靜古池呀！青蛙驀然跳入，乍聞水聲〉（表詠嘆）。

3. どしゃぶり：【土砂降り】（名）傾盆大雨、西北雨、驟雨。

4. 雨ん中：＝「雨の中」〈雨中〉，文法如本解釋2。

5. 胸を弾ませ濡れて待ってた街の角：「胸が弾む」（片）〈萬分期待、雀躍期待〉→→「胸を弾ませる」〈使人萬分期待、令人雀躍期待〉，「胸が弾む」句型中的「～が」改成人體的一部分用使役用法（「V1」＋「せる／させる」）→→「胸を弾ませて」（「て」形表附帶作用）→→「胸を弾ませ」（文章體省去「て」）。使役形☞p279-16。「濡れる」（自Ⅱ）①濕、濕掉。②（俗）〈男女有性關係〉。「濡れる」＋「て」（接助）→→「濡れて」＋「待っている」〈等著〉＋「た」（助動）→→「待っていた」〈等著〉（過去式）→→「待ってた」（「～ている」形語幹「い」省略）→→「濡れて待ってた」＝「濡れて待っていた」〈淋濕著等

著〉。此處「て」形，均爲連用修飾語用法，表附帶狀況。歌詞以「胸を弾ませ濡れて待ってた」修飾「街の角」連體修飾語表現，翻譯時可採意譯。

6. 初恋って言う奴：＝「初恋と言う奴」〈要說初戀的人、說到初戀這事〉。按第 3 句和第 8 句和第 13 句之段落對稱地描述，翻譯該爲〈說是初戀這事〉。「～って言う～」＝「～という～」。「～って」詞性兼具格助詞和係助詞以及接續助詞之特性。「～って」＝「と」（格助）＝「～という～」（連語）〈叫…的…／～叫做～〉＝「～とは」（係助）〈所謂的～就是～／所謂…〉＝「～は」（係助）＝「～といったところで」（係助）〈也就是～那個程度〉＝「～といっても」（係助）〈雖說～〉＝「～とのこと」（終助）〈聽說〉＝「～と言うのか？」（終助）〈說是～呢？〉。

7. 奴：（名）①表親密或輕蔑的稱呼，傢伙、人、東西。②等於形式名詞的「こと」「もの」用法。③指事物的東西。④第三人稱的粗俗用法，傢伙之意。在本曲中欣賞角度屬於②☞p147-19。

8. 素晴らしいもんさ；「素晴らしい」（い形）〈①了不起②優秀③驚奇的〉＋「もん」＋「さ」→→「素晴らしいもんさ」。「もの」（形式名）＋「さ」（終

45

助）→→「ものさ」＝「もんさ」。「もの」的「の」的羅馬拼音是「NO」，口語省略其母音「O」而成爲「N」。終助詞「さ」用法表示輕微提醒、斷定或強烈主張，「もの」在此用法表示感動、希望、回憶、驚奇之意，「ものさ」對「素晴らしい」表示感動。此句翻譯爲了不起啦！很棒呦！棒極了！

9. 歌詞第4、5句合成一個句子欣賞，成爲「遠い日のことやみんな夢を、一人で、しみじみ思い出してる」。翻譯爲「一個人深深地想著遙遠日子的事，大家的夢」。如果第4、5句獨立分開欣賞，「遠い日のこと、みんな夢」＝「遠い日のことは、みんな夢です」〈遙遠日子的事，都是夢／昔日的事，都是夢〉。「みんな」（名）①大家②全部。名詞「夢」有①夢想②幻想③理想④虛幻。「遠い日」表遙遠的日子外，更意味著離現在很遠的以前的日子，昔日之意。「遠い日のこと」〈遙遠日子的事、過去的事〉。按歌詞第 9、10 和 14、15 句之對仗關係觀察，第4、5句爲獨立分句。因此，此處可欣賞爲〈過去的事，都是一場夢〉〈過去的事，都是夢〉〈過去的事，都是虛幻〉等。

10. 一人しみじみ：〈一個人深深地〉。「一人でしみじみ」中表示動作的狀態的格助詞「で」省略了，「しみじみ」（副）深深地。

11. 思い出してる：「思い出す」（他 I）〈想起〉→→「思い出している」→→「思い出してる」（「〜ている」形語幹「い」省略），此動詞的受詞是上句的「遠い日のこと」和「みんな夢」。

12. 離れられずに濡れて歩いた：「離れる」（自 II）〈①離開、分離②距離③脱離〉＋「られる」（助動）→→「離れられる」〈能分離〉＋「ず」（古文助動）→→「離れられず」〈不能分離〉＋「に」（格助）→→「離れられずに」＝「離れられないで」〈不能分離地〉，此爲否定接續用法，下接「濡れて歩いた」〈淋濕著走了〉。可能動詞☞p284-22，助動詞「〜られる」☞p314 表 24，助動詞「ず」☞p54-3、p306 表 12。

13. 何処までも：「どこまで」〈到哪裡〉＋「も」（副助）→→「どこまでも」〈到哪裡都也…〉。

14. 別れるって言う奴：請參考本解釋 6 和 7。「別れる」（自 II）①分手、分離②離婚。此句可翻爲〈說是分手這事、說是要分手的傢伙、說是要分手的人〉。

15. たまんないもんさ：「堪る」（自Ⅰ）〈①忍耐、忍受②受得了〉＋「ない」（助動）→→「堪らない」〈受不了〉＝「たまんない」（口語方言用法）＋「もんさ」→→「たまんないもんさ」〈受不了呦！〉，「もんさ」見本篇解釋 8。口語方言用法「堪らない」＝「たまんない」＝「たまらん」。

16. 辛いさだめを恨んだ：翻譯爲恨這苦命。「恨む」（他Ⅰ）〈①恨、懷恨②埋怨〉＋「た」（助動）→→「恨んだ」（過去式）。「辛い」（い形）〈①痛苦、難受②無情、苛薄③勞累〉＋「さだめ」（名）〈①規定②命運、定數〉→→「辛いさだめ」〈苦命〉。

17. やけのやん八：（俗）自暴自棄。

18. 濡れて泣いたぜ：「濡れる」（自Ⅱ）〈濕潤、濕〉＋「て」（接助）→→「濡れて」（動詞「て」形，表接續）。「泣く」（自Ⅰ）〈哭泣〉＋「た」（助動）（表完了）→→「泣いた」〈哭了〉。「ぜ」〈啊！呦！〉（終助）表輕微的親密提醒，或表傲慢、威脅式的粗魯提醒，多爲男性用語，本句指「雨に濡れて泣いたぜ」〈被雨淋濕而哭了啊！〉。

19. 思い切り：（副）死心地、當機立斷地、斷念的。

20. 思い出って言う奴：請參考本解釋 6 和 7。「思い 出」（名）回憶之意。此爲翻譯爲〈說是回憶這件 事〉。

21. ほろ苦いもんさ：「ほろ苦い」（い形）微苦、有點 苦澀味。「もんさ」見本篇解釋 8。

22. 今じゃ：＝「今では」（副）現在。

23. どうしてか：「か」（終助）表疑問。「どうして」 ①（副助）如何、怎樣、爲什麼②（感）怎麼啊！ 不是！歌詞意譯爲「她過得如何啊！」。

三、一劍
【一劍】

作詞：松井由利夫｜作曲：水森英夫

唄：氷川きよし｜2006

一、

1. 川の水面に揺れる月

   河面上月影波動，

2. 一刀両断　影を斬る

   斬斷月影，一刀兩斷。

3. 心騒がず　波立てず

   不動心，不起浪。

4. 躱す　突く　撃つ　払う

   閃躲，前刺，打擊，橫掃。

5. 剣に男は…

男人，

6. 剣にひとすじ　夢を追う

一個勁地劍裡追夢。

7. （臺詞）"心正しからざれば、剣また正しからず…"
（口白）心若不正，劍也不正。

二、

8. 敵は己の内にあり

敵人在自己身上。

9. 柳暗花明の現世も

連在柳暗花明的今生今世，也

10. 春に背いて　野に伏して

因辜負青春，故旅途艱辛。

51

11. 押せば引け　引けば押せ

推則拉，拉則推，

12. 剣に　男は…

男人在

13. 剣に　命の華を見る

劍裡看到生命的花朵。

三、

14. 風の涙と草の露

風之淚和草之露，

15. 行雲流水　成るがまま

行雲流水，順勢攻防。

16. 襟を正して　瞼を閉じて

正衣襟，閉雙目，

52

17. 間髪のこの気合
<ruby>間髪<rt>かんぱつ</rt></ruby>のこの<ruby>気合<rt>きあい</rt></ruby>

瞬間的這股氣勢。

18. <ruby>剣<rt>けん</rt></ruby>に <ruby>男<rt>おとこ</rt></ruby> は…

男人在

19. <ruby>剣<rt>けん</rt></ruby>に<ruby>明日<rt>あした</rt></ruby>の<ruby>道<rt>みち</rt></ruby>を<ruby>知<rt>し</rt></ruby>る

劍裡領悟明日之路。

語詞分析

1. 川の水面に揺れる月：「に」（格助）表動詞「揺れる」的動作著落點。「揺れる」（自Ⅱ）①搖動、搖擺、顛簸②遲疑不決、猶豫。所以，譯爲搖曳在河川水面上的月亮。

2. 影を斬る：這句也是電影名，1963 年發行，導演爲「池広一夫」，主演爲「市川雷蔵」和「瑳峨三智子」。「影を斬る」這部電影中有句臺詞「飛劍おどれば影二つ」，意思是指飛劍一躍，影子一分爲

53

二，這是日本劍術「柳生流（やぎゅうりゅう）」中的最高境界。

3. 心騒がず：否定形「V1」＋「ず」（文）（助動）＝「V1」＋「ない」（助動）☞p306 表 12。「騒ぐ」（自Ⅰ）①吵鬧、喧嘩②騒動、鬧事③慌張、不安、不穩④轟動一時。「騒ぐ」＋「ず」（助動）→→「騒がず」〈不慌張、不騒動〉。「心が騒ぐ」〈心亂〉→→「心騒がず」〈心不亂〉。「心騒がず」歌詞省略了格助詞「が」。

「V1」＋「ず」例：

① 「田中さんは来ず、中村さんは来ました」（田中沒來，中村來了）

② 「バスは込まず、快適です」（公車不擁擠，所以很舒服）

③ 「子供に電話を貰わず、心配しています」（沒接到孩子電話，所以很擔心）

④ 「傘を持たずに、出かけてしまった」（沒帶傘，就出門了）

⑤ 「昨日お風呂に入らずに寝てしまった」（昨天沒洗澡，就睡了）

4. 波立てず：此句加入助詞「を」後成爲「波を立てる」〈起波浪、掀起浪〉＋「ず」（助動）→→「波

を立てず」〈不起浪〉。文法同解釋 3。

5. 躱す：（他 I ）躱開、閃開。例①「体をかわす」
〈閃身〉。例②「相手の矛先をかわす」〈避開對方
的鋒芒〉。

6. 突く：（他 I ）①支撐、拄著②刺③冒、衝④攻、
抓⑤撞、敲⑥說、嘆、吐露。

7. 撃つ：（他 I ）①敲、打、拍②彈、壓③釘、扎④
撒、扔⑤感動⑥鍛造⑦編、綁。

8. 払う：＝「掃う」（他 I ）①付錢②揮、拂、掃③
揮、趕掉④還債⑤普及⑥去除⑦取下、拿光。

9. ひとすじ：＝【一筋】（名）①一條②一心一意。

10. 夢を追う：「夢」（名）〈夢、夢想〉＋「を」（格
助）＋「追う」（他 I ）〈追、趕〉→→「夢を追
う」〈追求夢想、追夢〉。歌詞第 5 和第 6 句連成一
句欣賞。

11. 剣に男は剣にひとすじ夢を追う：＝「男は剣にひ
とすじ夢を追う」。「剣に」重複兩次，歌詞強調寫
法。「に」（格助）表動作對象，追夢於劍裡之意。

12. 心正しからざれば：「心が正しい」〈心正〉→→
「心が正しからず」〈心不正〉→→「心が正しか
らざれば」〈心不正的話就……、心不正所以…
…〉，文言文否定助動詞「ず」。日語文言文的形容

詞有「く」和「しく」活用，「正し」屬文言文的「しく」活用）→→「正しからず」〈不正〉（形容詞未然形加上否定助動詞「ず」）→→「正しからざれば」〈不正的話…〉（否定助動詞「ず」的已然形爲「ざれ」〈加上助詞「ば」 ☞p159-12、p314 表24。文言文已然形「V5」+「ば」等於現代語兩個意思①「V3」+「と」②「V4」+「ので」☞p293 表1。

13. 劍また正しからず：翻譯爲劍也不正。「また」（副）①又、再、還②也、亦③其他、另外。文法見本篇解釋 12。

14. 敵は己の內にあり：所在句「〜は〜にあり」〈…在…〉。「ある」（現）＝「あり」（文）。此句翻譯爲，敵人在自己裡面、敵人在自己之內。

15. 柳暗花明：（名）①柳暗花明②指花柳界的花街柳巷或娼妓街廓③指春天的野外景色。歌詞意謂著今生今世是有如「陸游」詩句中「山重水複疑無路，柳暗花明又一村」般，充滿不確定性、不可知、無常，在困難曲折的生命路程中，奮勇向前，突破重重阻礙，重現光明。

16. 現世：①發音爲「げんせい」和「げんせ」時，指地質時代最後一世，以人類史來說，約等於新石器

時代。②而發音爲「げんぜ」時爲佛教用語，其分
爲前世、現世、來世。③訓讀發音爲「うつしよ」
＝【この世】指當下的這一生。

17. 春に背いて野に伏して：「春」（名）①春天②青春
③春情、春心 ☞p70-19 。「春に背く」〈告別青春、
辜負青春〉。「背く」（自Ⅰ）①背向、背著②違背
③背叛、辜負④告別、背離、拋棄。例「世に背
く」〈離開世俗、出家〉。「春に背く」→→「春に
背いて」（「て」形表原因），「伏す」（自Ⅰ）①
伏、藏②臥下、趴在③躺臥、仰臥。「野に伏す」
→→「野に伏して」是日本話成語「野に伏し、山
に伏す」的省略語，意喩旅途艱辛。「伏して」的
「て」形是終助詞，表主觀意志判斷。

18. 押せば引け、引けば押せ：「押す」（他Ⅰ）①推、
擠、撐②按、蓋、壓③冒、不願④壓倒、責難。
「押す」＋「ば」（接助）→→「押せば」〈下壓的
話、壓的話就…〉日語假設語氣 ☞p35-13 。「引く」
（他Ⅰ）①拖、拉②帶、領引導③吸引④引進、安
裝⑤查字典⑥抽、拔出⑦減去⑧拉長、拖長⑨抽
回、收回⑩描。「引く」＋「ば」（接助），，「引
けば」〈回抽的話〉。「引け」和「押せ」爲日語動
詞的命令形用法，這裡表示激勵人、鼓舞人的語

氣，☞p242-9。「引く」〈抽拉〉→→「引け」〈抽、拉、拉啊！、請拉〉,「押す」〈推〉→→「押せ」〈壓、推、推啊！請推〉。歌詞中的劍法分有勾、拉、鎖、帶四招，這稱爲「吳鉤劍」法，它是金庸武俠小說中提過的著名劍法之一。

19. 剣に男は剣に命の華を見る：「男は剣に命の華を見る」＝「剣に」重複兩次，它是歌詞強調寫法。第 12 句 13 句歌詞要連著閱讀。「男」是下句動詞「見る」的做動作的主語。「に」（格助）表思考感覺的內容。動詞「見る」（他Ⅱ）解釋很多，這邊爲①看出②顯示出③反映出。例如「流行歌に見る世相」〈反映在歌詞裡的社會世態〉。故，譯爲男人在劍裡，看到生命的花朵。「華」＝【花】，以「華」表現，意指繁華、盛世、高峰。

20. 風の涙、草の露：「風の涙」這名詞組，意指寒冬練劍之苦，迎著風，颺上臉，不禁刺眼流淚。「草の露」指武士在清晨露水的晨課，習舞練劍。習劍的時間必須勤練到草葉上的露水消失爲止（意指太陽出現爲止，露水見日，溫度升高後消失），武者只有不斷勤習，方有高超劍術。

21. 行雲流水成るがまま：＝「行雲流水に成るがまま」＝「行雲流水成るがままになる」（助詞

「が」爲文言文用法）＝「行雲流水成るままにな
る」＝「行雲流水に成るようになる」〈行雲流
水，順勢而爲〉，歌詞省去「に」。「行雲流水」語
意跟中文相同，此處指的是舞劍心境，劍法必須到
達如行雲流水般，心境上不拘泥、不苟且，打架退
避，以柔克剛，順勢攻防，見招隨招拆招而後發招
之意。

22. 襟を正して：「襟」（名）①領子、衣襟②頸背③衣
領。「正す」（他Ⅰ）①改正、端正②辨別、釐清。
例：「襟を正す」〈正襟危坐〉。

23. 瞼を閉じて：「閉じる」（他Ⅱ）①關閉②結束③
蓋、合。「めを閉じる」〈閉眼〉。歌詞漢字使用
「瞼」，不用「目」，其意有閉上眼簾、閉上眼臉、
閉上眼皮的意思。

24. 間髪のこの気合：「間髪」（N）舊版字典發音爲
【かんはつ】，但新版字典或電子數位字典均亦發
音爲【かんぱつ】。此語出自「間（あいだ）に髪
の毛一本さえ入らない」成語，中文爲「間不容
髮」之意。再取其中二字後，再轉爲「間髪」，逐
成爲日語的兩字熟語。「間髪を入れず」，「間髪」
中文爲間不容緩、立即之意。「気合」（名）①氣
勢、鼓勁②呼吸、步調。修練劍法，全憑精神，定

全神，氣要專，則劍道成。練氣化神，修身成道，方能劍神合一。

25. 男は劍に明日の道を知る：句型如同解釋11和19。故，翻譯爲男人知道（了解）劍裡有明天的道路。「知る」（他Ⅰ）①知道、知曉②懂得、理解③認識、熟識④領悟、認識到⑤意識到、感覺到⑥記住⑦察知、推測⑧歷經、體驗⑨學到。

四、虚空(うつろ)
【空虚】

作詞：比良九郎｜作曲：鄭豊松

唄：桂銀淑｜1999

一、

1. 泣(な)き濡(ぬ)れて 諦(あきら)めた 貴方(あなた)にかけた恋(こい)。

   對妳付出的這一段戀情，已淚濕衣襟，死了心。

2. 眠(ねむ)れない苦(くる)しみが 今日(きょう)も身(み)も責(せ)める。

   難以成眠的苦痛，今日也仍折磨著自己。

3. 遥(はる)か離(はな)れた 貴方(あなた)を偲(しの)び，

   我追憶已遙遠地分離的妳，

4. 虚空(うつろ)に 中空(なかぞら)へ 呼(よ)びかける。

   空虛地對著半空中呼喚。

5. 貴方は命　私の命　別れた　二人でも。

即使是已分手的兩個人，
妳是最重要的，妳是我的生命。

二、

6. 憎しみも　歓びも　虚しくなった今。

現在憎恨和歡笑都變成空。

7. 唯残る　面影が　私を悩ませる。

獨留身影，令我煩心。

8. 遥か離れた　貴方を偲び，

我追憶已遙遠地分離的妳，

9. 虚空に　中空へ　呼びかける。

空虛地對著半空中呼喚。

10. 貴方は命　私の命　別れた　二人でも。

妳是最重要的，妳是我的命，
即使是分手的兩個人。

三、

11. 夢だよと 諦めて 涙を咬みしめる。

我死心地說「那是一場夢啊！」，我嚙咬淚水。

12. あまりにも 長過ぎた二人の青春だった。

這是一段久遠的雙人青春。

13. 愛しい貴方 憎い貴方。

親愛的你，可恨的你。

14. 悲しく消えて行く恋なのに，

雖然是一段會悲傷消逝的戀情。

15. どうして今も未練が燃える虚空に散つた花。

但為何至今，仍是一朵留戀在燒的虛空地散落的花
朵。

四、

16. 忘れた人だよと 云い切れない私。

我不能斷言她是我忘記的人呦！

17. 鞍割れた胸と胸傷だらけの心，

一顆出現裂痕的心和一顆盡是傷口的心。

18. 優しい貴方 冷たい貴方，

溫柔的妳，冷酷的妳。

19. 悲しく消えて行く恋なのに。

雖然是一段會悲傷消逝的戀情。

20. 慰めないでお別れしましょう

別安慰我，我們分手吧！

21. 虚空に果てた夢。

這是虛無地結束的一場夢。

語詞分析

1. 虚空：「虚空」（名）是屬於同義組合的複詞，日文裡「空ろ」（な形）和「虚ろ」（な形）都屬形容動

詞，同音異字。①空虛、空洞、虛空、虛無②茫然
若失、發呆之義。而形容動詞可當名詞之用，故作
曲名。但這曲用和語訓讀發音「うつろ」表現。如
果「虛空」念成漢語音讀「こくう」則多爲佛教用
語的「虛空藏菩薩」、「虛空藏咒」等使用法。因
此，也有人將第三段和第四段歌詞中的「虛空」唱
成「こくう」。補充另一漢語「空虛」【くうきょ】
（名/な形）其義同上①②。

2.　泣き濡れる：（自Ⅱ）哭成淚人兒、哭得滿臉淚
　　水。「泣き濡れる」〈哭濕〉→→「泣き濡れて」
　　（動詞「て」形，連用修飾下面動詞「諦める」）
　　→→「泣き濡れて諦める」（現在式）〈哭濕地放
　　棄、哭濕著放棄〉→→「泣き濡れて諦めた」〈哭
　　濕著放棄了〉。

3.　諦める：（自Ⅱ）斷念、死心、放棄。「諦める」
　　（現在式）+「た」（助動）（表過去、完了）→→
　　「諦めた」〈死心了〉。

4.　貴方にかけた恋：需先把「かける」（他Ⅱ）的用
　　法掌握一下。例如「思いをかける」是〈愛慕、戀
　　慕〉的意思，故，作者改以「恋をかける」表現，
　　所以「貴方に恋をかけた」意思是戀慕你、對你付
　　出戀情。但是「かけた」作者不採用漢字表現，所

以當漢字是「賭ける」，就如「トランプにお金を賭ける」〈撲克牌賭錢〉的用法一樣。「貴方に恋をかけた」就可欣賞爲賭上你的愛情、對你賭上愛情。

5. 泣き濡れて諦めた貴方にかけた恋：可譯爲「對妳付出的這一段戀情，已淚濕衣襟，死了心」。

6. 眠れない苦しみ：「眠る」（自Ⅰ）〈睡覺、睡眠〉→→「眠れる」（可能動詞用法）〈可以睡得著、睡得著〉+「ない」（助動）→→「眠れない」〈睡不著〉。第一類動詞的可能動詞取其語尾改「え」段音即可 ☞p284-22 。「苦しみ」（名）〈苦惱、痛苦、困苦〉。所以這句爲「無法入眠的痛苦」。

7. 身も責める：「責める」（他Ⅱ）①責備、責難②折磨、苛責③拷打④催促⑤調教⑥追求。「責める」〈折磨〉→→「身を責める」〈折磨自己〉→→「身も責める」〈也折磨自己〉。這句動詞的主語是「苦しみ」，所以完整句子是「苦しみが身も責める」〈痛苦也折磨我自己〉。「身」（名）此字用法繁多。主要意思有身體、身子、自己、自身、身分、處境、精神、力量、肉、生命等等。欣賞角度也可是爲「身を責める」〈折磨身子〉。

66

8. 遥か離れた貴方:「遥か」(な形/副) 遙遠地、遠遠地。在此修飾動詞「離れる」(自Ⅱ) ①分離、離開、隔開②脫落③出發。所以「遥か離れた貴方」是翻譯爲遙遠地分了手的你。

9. 貴方を偲び:=「貴方を偲んで」。「偲び」是文章體,不以會話的「て」形表現。這句翻爲「追憶你」。「て」形表附帶作用、狀況提示。「偲ぶ」(他Ⅰ) 追憶、懷念、想念、回憶。

10. 虚空に中空へ呼びかける:「虚空だ」(な形原形)→→「虚空に」(な形連用形),用來修飾動詞「呼びかける」(他Ⅱ)〈①召喚、呼籲、招呼②號召〉。整句譯爲「虛無地對著天空呼喚」。「中空」(名) ①中天、半懸空②沉不住、心不在焉。

11. 命:(名) ①生命②一生、一輩子③壽命④最重要的東西,例:「商売は信用が命だ」〈生意信用最重要〉⑤天命、命運⑥近世(1615-1867 年) 的日本,花街柳巷中相愛的男女會在手腕上刺青的字,就是「命」。

12. 別れた二人でも:「別れる」=「分かれる」=「分れる」(自Ⅱ)〈①分手、分離②區分〉→→「た」(助動)→→「別れた」(動詞過去式)+「二人」(名)→→「別れた二人」〈分手的兩個

人〉→→「別れた二人」（名詞文節）＋「でも」
（副助）〈儘管…、即使…、無論…〉→→「別れ
た二人でも」〈即使是分手的兩個人〉。

「V2」＋「ても」，「ん」音便時爲「でも」以及當
接名詞和形容動詞時爲「でも」。

① 「雨が降っても、行きます」〈即使下雨也要
　　去〉

② 「寒くても泳ぎます」〈即使冷也要游泳〉

③ 「日曜日でも仕事をします」〈即使週日，也
　　要上班〉

④ 「綺麗でも、付き合いたくない」〈即使漂
　　亮，也不想交往〉

⑤ 「初心者でも弾けますよ」〈即使初學者，也
　　會彈喔！〉。

13. 憎しみも歓びも虚しくなった今：「憎しみ」（名）
　　〈憎恨、憎惡〉。「歓び」（名）歡笑、歡樂。「～
　　も」＋「～も」〈…也…也，…和…都…〉。「虚し
　　い」（い形）①空虛、空洞②徒然、枉然、白白。
　　「虚しい」（形）→→「虚しく」（い形連用形）＋
　　「なる」（自Ⅰ）〈變成…、成爲…、成…、變…〉
　　→→「虚しくなる」〈變成空、變空虛〉＋「た」
　　（助動）→→「虚しくなった」（過去式表狀態或

完了）＋「今」（名）〈現在、目前、當前〉→→
「虛しくなった今」所以這句意譯爲憎恨和歡笑都
變成空的現在。現在憎恨和歡笑都變成空。い形形
容詞變化☞p301 表5。

14. ただ残る面影：「ただ」【只】（名/副）唯有、僅
有、只有。「面影」（名）①面貌、影像、身影②遺
跡、痕跡③作風、遺風。「残る」（自Ⅰ）①留下②
剩餘③殘留。「ただ残る面影」翻譯成爲只留身
影。「ただ残る面影」加上「が」後，以當這句的
主詞。成爲完整一句「ただ残る面影が私を悩ませ
る」。

15. 私を悩ませる：翻譯爲使我煩惱、讓我煩惱、令我
煩心。「悩む」（自Ⅰ）①煩惱、憂慮②痛苦。使役
形「V1」＋「せる」（助動）（接第一類動詞），
「V1」＋させる（助動）（接第二類動詞）。「私」
（名）＋「を」（格助）＋「悩む」＋「せる」→→
「私を悩ませる」〈讓我煩憂〉。使役動詞☞p279-
16。

16. ただ残る面影が私を悩ませる：〈唯有殘留的身
影，令我煩心〉。

17. 夢だよと諦めて涙を咬み締める：「と」（格助）表
動詞「諦める」的內容，「夢だよ」＝「夢です

よ」〈是一場夢啊！〉,「諦める」〈放棄、死心〉
→→「諦めて」(動詞「て」形表動作接續),「夢
だよと諦めて」〈死心地說這是一場夢啊！之後
…〉。「涙を咬み締める」＝「涙を嚙み締める」
〈嚙咬淚水〉,「嚙み締める」(他Ⅰ) ①咬住、咬
緊、嚙咬②玩味、用心領會。

18. あまりにも長過ぎた二人の青春だった:〈那是一
段太過長的兩人的青春〉。「青春だった」(過去式
常體)＝「青春でした」(過去式叮嚀體)。「あま
りにも」(副) 太過於…、過於…、太…。這裡修
飾後面的「長過ぎた」。「長い」〈長的〉＋「過ぎ
る」〈過於…〉→→「長過ぎる」(現在式)〈過長
的〉→→「長過ぎた」(過去式)。接尾動詞「過ぎ
る」(自Ⅱ) 用法,文型為「Ｖ2」(ます形)＋
「過ぎる」。「～すぎる」＝「～過ぎます」中文為
「太…」、「過於…」。「い」形容詞時,去語尾
「い」加上「すぎる」。「な」形容詞時,去掉
「な」加上「すぎる」 ☞p230-10。

19. 【青春】這裡不唱「せいしゅん」而唱成漢字
【春】的「はる」,所以,先探討這兩個發音之差
異,才可吟詠出歌詞意境。【青春】「せいしゅん」
的涵義①指充滿夢想和希望的人生的青春時代、青

70

春期②春天。【春】的涵義①指四季之首的春天，日本約在 3 月 4 月 5 月。②正月、新年③青春期④人生最盛期⑤苦盡甘來的時候⑥性行為。所歌詞唱成「はる」含義廣義的青春，意喻那段兩人的情慾方面的青春，暗指兩人的曖昧關係，也是兩人情感最輝煌的時段。所以也可欣賞為「那是一段太過長的兩人的春天」。

20. 愛しい貴方 憎い貴方：「愛しい貴方」〈親愛的你〉，「憎い貴方」〈可恨的你〉。「愛しい」（い形）①可愛的②可憐的。「憎い」（い形）①憎恨的、憎惡的。②（用於反語）表欽佩、漂亮。

21. 悲しく消えて行く恋なのに：「悲しい」（い形）→→「悲しく」第二變化，用以修飾動詞「消える」，「消えて行く」是動詞漸遠態的表現法，意思為消逝而去、消失掉、越來越消失之意。「恋が悲しく消えて行く」〈戀情會悲傷地消失〉→→「悲しく消えて行く恋」〈會悲傷地消逝的戀情〉。

「V4」＋「のに」（接助）是逆接接續助詞，語氣上表意外、後悔、失望、責備和不滿的時候用，翻譯為〈雖然…卻…；雖然…但…〉，當前面接名詞和「な」形容詞時，因為是「V4」連體形＋「のに」，所以變成「～な」＋「のに」→→「～なの

に」。這句翻譯為「雖然是一段會悲傷消逝的戀情，卻…」。「のに」的例子：

① 「暑いのに、汗一つかかない」

　　〈很熱卻不流一滴汗〉

② 「まだ早いのに、もう帰るんですか」

　　〈還很早，卻要回去了？〉

③ 「もう少し早く行けば間に合ったのに」

　　〈再早點去的話，就來得及了，但卻…〉

④ 「もう時間なのに、誰も帰ろうともしない」

　　〈雖然時間已經到了，但沒有一個人想回家〉

22. どうして：①（副）如何怎樣、為甚麼②（感）⑴（多用どうして、どうして形式表否定對方的話，等於哪裡、哪裡、豈止那樣之類，「どうして、どうして、そんな程度じゃなかったよ」〈哪裡！不只那樣啊！〉⑵（表出乎意料之外、吃驚之感）「どうして、あいつはたいしたもんだ」〈唉呦！那傢伙還真了不起！〉。

23. 今も未練が燃える：「今も」（副）現在還是、如今也、至今仍…。「未練」（名）①依依不捨、留戀②不熟練。「燃える」（自II）①燃燒②熱情洋溢③火

紅。所以，這句譯爲「如今也留戀在燃燒、至今也
留戀洋溢」。

24. 虛空に散った花：「に」爲「空ろ」（な形）的第二
變化連用形，修飾動詞「散る」。「散る」（自 I）
「散る」（自 I）謝落、落下。→→「散った」（表
過去、完了）＋「花」→→「虛空に散った花」
〈虛空地凋零的花朵〉。「散る」①花落、花謝②離
散、散落③凌亂④消散⑤傳遍⑥擴散⑦腫消、熱退
⑧（精神）渙散。

25. 歌詞第 14 句和第 15 句合爲一句欣賞。

26. 忘れた人だよと云い切れない私：＝「私は忘れた
人だよと云い切れない」；「～と」（格助）（前面接
原形）表動詞「云い切れない」的內容。「忘れ
る」（他 II）（現在式）〈忘記〉＋「た」（助動）
→→「忘れた」（過去式）〈忘記了〉＋「人」→→
「忘れた人です」＝「忘れた人だ」（常體）〈忘記
的人〉。「よ」（終助）表提醒〈呦！啊！〉。「云い
切る」（他 I）〈①說定、說盡②斷言、一口咬定〉
→→「云い切れる」（可能動詞）〈可以斷言〉＋
「ない」（助動）→→「云い切れない」〈不能斷
言〉→→「云い切れない」＋「私」→→「云い切

れない私」〈不能斷言的我〉。整句爲，我不能斷言她是我忘記的人。可能動詞☞p284-22。

27. 輝割れた胸：「輝が割れた」＝「輝が入った」〈出現龜裂〉，歌詞省略自動詞主語的「が」。「輝」（名）裂痕、龜裂。所以這句意思爲，一顆出現裂痕的心；出現裂痕的一顆心。「胸」（名）☞p127-2。

28. 傷だらけ：〈盡是傷口〉。「N」＋「だらけ」（接尾詞、名詞用法）〈淨是…全都是…盡是…〉。①「あの人は欠点だらけだよ」〈那個人滿是缺點喔！〉②「部屋がゴミだらけだ」。〈房間淨是垃圾〉。

29. 慰めないでお別れしましょう：「慰める」（他Ⅱ）〈安慰、寬慰、慰問〉＋「ない」（助動）→→「慰めない」〈不要安慰〉→→「慰めないで」（「で」爲否定接續用法…）〈不要安慰…〉，歌詞中省去受詞「私を」。也可欣賞爲「私を慰めないでください」〈請不要安慰我…〉→→「私を慰めないで」〈不要安慰我…〉。（「別れる」（自Ⅱ）〈分手〉→→變成謙虛動詞句型「お」＋「V2」＋「します」→→「お別れします」〈分手〉→→「お別れしましょう」〈分手吧！〉。整句譯爲「別安慰我，我們分手吧！」。「お別れしましょう」此處以謙虛

動詞表現，意味著是屬下對長輩或指藝妓對尊客的
說話態度用法。

30. 虛空に果てた夢：「虛空に」修飾後面的動詞「果
　　て る」（自 II）〈①結束、完了、盡頭、終了②死亡
　　③當複合動詞的，…至極〉。「果てる」（現在式）＋
　　「た」（助動）→→「果てた」（過去式）＋「夢」
　　（名）→→「果てた夢」〈結束的夢〉，整句爲，虛
　　無地結束的一場夢。

31. 否定接續句型→→「V1」＋「ないで」。例：
　　①　「メガネを掛けないで本を読む」
　　　　〈沒戴眼鏡看書〉
　　②　「電気を消さないで寝てしまった」
　　　　〈沒關燈就睡了〉
　　③　「今日は出かけないで家でテレビを見る」
　　　　〈今天不出門，在家看電視〉

五、縁
【緣分】

作詞：坂口照幸｜作曲：水森英夫

唄：島津亜矢｜2013

一、

1. なんで実がなる　花よりさきに

   爲什麼，花未開，先結果

2. 浮世無情の　裏表

   人世間無情，表裡不一。

3. 今は吹く風　沁みるとも

   現在，吹的風，當然冷冽，

4. 交わす目と目で　支えあう

   我們以眼神交會，相互支持。

5. そっと寄り添う　影にさえ

在人世坡道上，連悄悄地依偎的影子裡，

6. 明日が見えます　人世坂

也看得到未來。

二、

7. 心 なくして　どうして分かる

你怎會因忙而了解呢？

8. 人の真実の　その値打ち

了解人的眞正價值。

9. 意地を通して　泣こうとも

不管是否因堅持己見而吃苦

10. 手酌貧乏させません

我也不讓你貧窮，

11. なさけ拾って　遠まわり

我拾起人情，迂迴而行。

12. バカもいいもの　人世坂

傻也行呀！人世的坡道上。

三、

13. 人の一生　折り合うように

人的一生，是要妥協互讓而成啊！

14. 出来ていますね　誰だって

任何人都是，

15. みんな縁から　始まって

一切都從緣分開始的啊！

16. 「あなた」「おまえ」と　二人づれ

你和我是伴侶，

78

17. 生きる姿の　中にこそ

只有在活下去的身影中，

18. 道は見えます　人世坂

路才是看得見的，在人世坡道上。

語詞分析

1. 緣：歌曲名叫【緣】（名），同一漢字，念法有三，①「えにし」重音為頭高型，一意為緣分，二意為姻緣。不過，深入研究其意，它發音為「えにし」是指源自於前世宿命而結合下的一種緣。狹義說法，則為男女之間之緣分，並且意指違背一般社會傳統道德倫理的「孽緣」。本歌內容意涵著男女不倫相關故事，故念成「えにし」。這種發音是古字中【緣】的字音念法「えに」，加上古語助詞「し」以表強調，而成為「えにし」。②發音念「えん」時，重音也為頭高型。指命運中機緣巧合、邂逅或事物之關聯，一般是佛家的緣的成分，

79

也可指兩者間，無論人或事物的相關連、接觸，譬如夫妻、親子、朋友、主從等等關係的一種過去或目前存在的關係，而且念「えん」的用法最爲廣泛。③寫成漢字【所緣】＝【緣】，念爲「ゆかり」重音爲平板型，意思是回顧過去時，而且跟目前有關係或因緣之事物用之。日本諺語「緣も緣もない」【えんもゆかりもない】意思是八字沒一撇，或是翻譯爲無緣又無份。另外日本各地觀光導覽冊上常用這字＝【緣】「ゆかり」。例如 1「竜馬緣の地」＝「りょうまゆかりのち」〈跟坂本龍馬有關係之地〉，例如 2「明治維新ゆかりのスポット」〈跟明治維新有關係之景點〉，一般念「ゆかり」這種用法時，都不寫漢字【緣】。按日本演歌歌詞檢索網「J-Lyric.net」【https://j-lyric.net/ artist/ a000835/l02cb16.html】調查結果，本曲名念爲「えにし」。

2. なんで実がなる：「なんで」（副）爲什麼。「実」（名）〈果實〉＋「が」（格助）＋「なる」（自Ⅰ）→→「実がなる」〈結果、會結果〉。「なんで実がなる」〈爲什麼會結果〉。

3. 花よりさきに：「より」（格助）比。「先に」→→「先」（名）（表時間順序的先、早、最先、首先）

＋「に」（格助），名詞加上「に」後成爲副詞，以修飾動詞「なる」。

4. なんで実がなる花よりさきに：歌詞重整後成爲「なんで花より、さきに実がなる」直譯爲「爲什麼比花先結果」。意味著，未開花先結果。

5. 浮世無情の裏表：「浮世」（名）①浮世、塵世、現世。②當代的、流行的。「裏表」（名）①表裡。②表裡相反。③表裡不一致。故，整句是感嘆「人世間無情，表裡不一」。「無情」（名／な形）無情、寡情。

6. 吹く風：「風が吹く」〈風吹〉→→「吹く風」〈吹的風〉。

7. 沁みるとも：「沁みる」（自 II）①感染、沾染。②滲、浸入。③刺痛、燻痛④銘刻在心。這歌詞「吹く風が沁みる」中省略了動詞對象的「身に」→→「吹く風が身に沁みる」〈吹的風刺骨、吹的風刺入我心〉。演歌中常用句，例「寒さが身に沁みる」〈寒氣侵人〉。

「とも」（接助／終助／接尾）

① 文言文接續助詞用法時，「V1」＋「とも」〈不管…也…／即使…也…／無論…也〉。「誰かがドアを叩こうとも，あけないでください。」

〈即使有人敲門，也請不要開〉，見本曲解釋14。

② 形容詞接續「とも」，表不管、即使時爲「V2」＋「とも」。例「経験がなくとも、少しも構わない」〈即使沒經驗，一點也沒關係〉

③ 最、至少。「い」形形容詞時，以「V2」＋「とも」＝「V2」＋「ても」。例1：「少なくとも、五万はある」〈至少也有五萬元〉。例2：「遅くとも11時までには帰る」〈最晚11點前會回家〉

④ 當終助詞表示斷言，一定、當然之意。例A：「明日、行く？」〈明天你去嗎？〉B：「ええ、行くとも。」〈當然去、當然要去、當然會去。〉

⑤ 當連語詞，表示都、全部。

例1：「三人とも、無事だ」〈三人都平安無事〉。

例2：「男女とも勝った」〈男女都贏〉。

這裡歌詞是動詞原形「沁みる」加上「とも」，屬於上述用法上的④，表示斷言，「沁みるとも」〈當然冷冽〉。暗喻人世間的風風雨雨，如此般地使人難受。

8. 交わす目と目で支え合う：「交わす」（他 I）①交換、交②交結、交錯。例 1「小学生とあいさつを交わす」〈和學生打招呼〉例 2「意見を交わす」〈交換意見〉例 3「初めて言葉を交わす」〈初次交談〉。例 4「目と目を交わす」〈四目交會、眼神的交會、四目相對〉。「で」（格助）表方法、手段。譯爲用、以之意。「支える」（他 I）〈①支持、維持②支撐〉＋「合う」（自 I）（當複合動詞時，表示①一同…②互相…）→→「支え合う」〈互相支持〉。意譯爲兩人眼神交會，相互支持。複合動詞 ☞p130-9 。

9. そっと寄り添う影にさえ：「そっと」（副）〈悄悄地、安靜地、偷偷地〉。「寄り添う影」〈相依偎的影子〉→→「影が寄り添う」〈影子相依偎、形影相隨〉→→「寄り添う」（自 I）〈依靠、依偎〉。「に」（格助）＋「さえ」（副助）→→「〜にさえ」。「に」表下句的動詞「見えます」的地點。「さえ」（副助）表極端事例 ☞p132-15 。

　① 「東京へさえ行ったことがない」〈連東京也沒去過〉

　② 「あなたさえ、ご承知なら結構です」〈只要你答應，就可以了〉

③ 「兄が病気であるところへ、弟さえ寝込んで
しまった」〈不光哥哥生病，連弟弟也病倒
了〉

10. そっと寄り添う影にさえ明日が見えます：翻譯
爲：我們連在悄悄地依偎的影子裡，也看得到明
天。

11. 人世坂：「人世」＝「人生」（名）兩者發「音讀」
時都是「じんせい」，但本歌詞發音爲「ひとよ」，
其意略異，以漢字而言，除了本曲用「人世」兩字
之外，「ひとよ」也可欣賞成「人よ」、「一代」、
「一世」、「一夜」、「人世」、「人代」、「人誉」等
等，「人世」表強調世間、社會上、人世間。欣賞
爲「一世」時，正如中文常說的「一世情人」、「一
世情」。日本人一般認爲「人生」有三種坡道，即
①「上り坂」【のぼりざか】〈上漲坡、成長坡〉②
「下り坂」【くだりざか】〈下跌坡、頹勢坡〉③
「まさか」〈意料之外的坡、萬萬沒想到的坡〉。第
③意指事事多變化、人生無常、意外之事可常發
生。「人世坂」相關曲子可參考 2018 年新曲，「志賀
大介」作詞，「岡千秋」作曲，「三門忠司」所唱的
「人生坂」。

12. 心なくして、どうして分かる：→→「どうして心
   なくして分かる」〈你怎會因忙而了解呢？〉。將這
   句「心をなくす」→→「心を亡くす」以漢語表現
   時可爲「失心」，可拆字解讀爲「心亡」，然後以該
   字以左邊立心旁部首是「忄」，右邊爲「亡」去解
   釋時，「忄」＋「亡」→→「忙」。如果將「亡」加
   上下面「心」，疊成會意形聲字「忘」字，其意思
   即說因爲忙碌，無暇理會他人，或失去了多餘思考
   的一顆心，或無心思考的意思。「心なくして」這
   裡用「て」形，表直接原因。這裡的「どうして分
   かる？」疑問句，「どうして」（副）①怎樣地、如
   何的②爲什麼③（表強烈情感）唉呀！。「分か
   る」在這裡念時，重音要上揚，因爲有爲什麼「ど
   うして？」所引導的疑問句。「分かる」的受詞可
   欣賞爲下句歌詞的「人の眞実のその値打ち」或上
   句的「人世坂」。而按歌詞上下關係分析，「分か
   る」的受詞爲歌詞第 8 句較佳，「人の眞実のその値
   打ちが分かる？」〈了解人世間的眞正價值〉。

13. 人の眞実のその値打ち：翻譯：人眞正的價值。
   「値打ち」（名）①估價、定價②價格、價錢③價
   值④聲望、品格。歌詞第 7 句和第 8 句必須合而爲
   一欣賞。

14. 意地を通して泣こうとも、手酌貧乏させません：
「意地」（名）①心術、用心②固執、倔強③志氣。「通す」（自Ⅰ）①穿過②透過③連續、連貫④通過⑤堅持、固執⑥使通過⑦訂下。意想形句型是「V1」＋「う／よう」（助動）即第一類動詞語尾「お」段音＋「う」，第二類動詞去其語尾「る」＋「よう」☞p173-14。「泣く」（自Ⅰ）①哭②難爲情、吃到苦頭③忍痛減價。「泣く」〈哭〉→→「泣こう」〈想哭、欲哭〉，「V1 意想形」＋「とも」（接助）＋「否定」。這裡「とも」跟本解釋7的①接續同，其他用法有異。「とも」下接否定「～させません」時，其文型爲「～とも～否定」〈雖然…也不…〉〈不管…也不…〉表逆接的假設條件用法。例：

① 「誰に何と言われようとも、自分で正しいと確信した道をまっすぐに歩けばいいのだ。」
〈不管人家會說什麼，只要老實地走自己確信的正路，就好了〉

② 「はじめの内は、たとい上手に話せなくとも、勇気を出して話せば、だんだん上達する。」〈即使一開始不能流利說出來，但只要拿出勇氣說，就會越來越進步〉

③　「つらくとも、我慢するよ。」

　　〈雖然痛苦，但我會忍受的呀！〉

④　「もう時間なのに、誰も帰ろうともしない。」

　　〈雖然時間已經到了，但根本沒有人想回家〉

⑤　「試験の準備で、１２時になっても、寝ようともしない。」

　　〈因準備考試，即使已十二點，一點也不想睡〉

15.　「手酌貧乏」是兩個名詞加總「手酌」〈自己斟酒自己喝〉＋「貧乏」〈貧窮〉→→「手酌貧乏」的意思指，窮者在家自己喝酒，無多餘經濟能力外出去酒館等處飲酒作樂，因為外面酒吧，是服務小姐幫客人斟酒或酒友幫你斟酒。「手酌貧乏する」〈自己獨飲〉→→「手酌貧乏させる」（「する」的使役動詞「させる」）〈讓自己獨飲〉→→「手酌貧乏させません」〈不讓自己獨飲〉。使役動詞☞p279-16。

16.　なさけ拾って遠回り：「なさけ拾って」為「情けを拾う」〈拾起人情〉的「て」形，歌詞省去格助詞「を」，「て」形表繼起或附帶狀況。「遠回り」（名）繞遠路、迂迴。「なさけ」【情け】（名）①慈悲、同情②愛情、戀情③雅緻、風趣④恩情、人

情。

17. バカもいいもの：整句爲「（可是）傻也是不錯嘛！」；「バカ」（名）①笨傻、愚蠢②小看、看不起③不合算④不中用⑤厲害、特別。此處當愚蠢、傻解釋。「もの」這裡當終助詞，不當名詞用，解釋是爲「因爲…（嘛！）由於…（嘛！）。

①　「だって知らなかったんだもの」〈可是我又不知道嘛！〉（「もの」這用法常和「だって」）連用。

②　「一人で行くのは怖いもの」
　　〈一個人去，很恐怖嘛！〉

18. 人の一生、折り合うように：「折り合う」（自I）交涉、協商、妥協、折衝。這句省去了格助詞「が」，連接下句成爲完整句子成爲「人の一生が折り合うように出来ていますね」。〈人的一生是折衝妥協而形成的啊！〉。「V4」＋「ように」的用法中譯爲①如…一般、像…一樣②爲了、使③以免、以便④可表注意、請託、願望之意。此處爲例句上的③的用法，用此以修飾下句的「できています」。「V4」＋「ようだ」本來表不確定的判斷、推量、想像。「V4」＋「ようだ」→→「V4」＋「ように」，例：

① 「陳さんは次のように、話した」。

〈陳先生說了如下的話〉

② 「時間に遅れないようにしてください」。

（表希望）〈請不要遲到〉

③ 「日本語が分かるようになりました」。

（表一種狀態轉變到另一種狀態）〈我會日語
了〉

④ 「風邪を引かないように、コートを着ます」。

（表目的）〈爲了不感冒，要穿上外套〉

⑤ 「傘も忘れないように」。

（表希望）〈別忘了您的傘〉

19. 歌詞第 13 句和第 14 句連成一句時，「人の一生が折り合うように出来ていますね」。〈人的一生是折衝妥協而形成的啊！〉。第 14 句後半的「誰だって」和第 15 句連起來欣賞成爲「誰だって、みんな、縁から始まって」〈不管誰、全部都從緣分開始〉。

20. 誰だって：「だって」（接助/接續）〈連…也…／儘管、即使、縱使〉，見本解釋17的例①和 ☞p216-8 。此處可譯爲即使誰、不管誰。

21. みんな縁から始まって：「みんな」（名）①全部、都②大家。「から」（格助）從、由。「始まる」（自

Ⅰ）①開始②起因③以否定形表示沒用、無濟於事
→→「始まって」這裡的「て」形爲終助詞用法，
此處表徵求同意、感嘆或事實的陳述的語氣。這裡
唱音爲【縁】【えん】，表示凡事從廣泛的緣分開始
的。參考本篇解釋 1。

22. 二人づれ：＝【二人連れ】（名）〈伴侶、夥伴〉。

23. 生きる姿の中にこそ、道は見えます：句型「～に
～が見えます」〈在…看得到…〉。「こそ」（副助）
常接續在名詞或助詞之後，意思表強調之意，中文
可翻譯爲…才…、正是…、只要…。「生きる姿の
中にこそ、道が見えます」→→「生きる姿の中に
こそ、道は見えます」。「が」改爲「は」表更爲強
調的判斷句。此句翻譯爲「只有在活下去的當中，
路才看得見（路是看得到的）」。

六、男の火祭り
【男人的火把祭典】

作詞：たかたかし｜作曲：杉本眞人

唄：坂本冬美｜2013

一、

1. 日本の男は　身を粉にして働いて

日本男人，不辭辛勞地工作，

2. 山に海に　生きてきた

活在山間海洋。

3. 女は嫁いで　男によりそって

女人，出嫁後依靠男人，

4. 留守を守って　くらしてた

守著空房，過活度日。

二、

5. 一年三百六十五日

一年三百六十五日，

6. 感謝　感謝の神さまよ

祂是我們感恩的神明喔！

7. ありがとう　ありがとう

謝謝！謝謝！

8. 大地の恵みをありがとう

感謝大地恩澤。

9. あっぱれ　あっぱれ　あっぱれ　あっぱれ

あっぱれ千年萬年

讚！讚！讚！讚！讚！千年萬年。

10. あっぱれ　あっぱれ　あっぱれ　あっぱれ

あっぱれ　幸はふ国よ

讚！讚！讚！讚！讚！一個幸福的國度喔！

三、

11. 人生浪漫だ　未来に夢をもちあげて

這是個浪漫人生。對明天，懷抱夢想，

12. 歌え　踊れ　今　生きて

唱起來！跳起來！請活在當下呦！

13. 日本の伝統を　親から子へ孫へ

祭典的精神，會將日本的傳統

14. つなぐ祭りの　心意気

從祖先連結給孩子孫子。

四、

15. 春夏秋冬　季節はめぐる

春夏秋冬，四季更迭，

16. 感謝　感謝の神さまよ

感謝！感恩的神明啊！

17. ありがとう　ありがとう

謝謝祢！謝謝祢！

18. 今日は　男　の火祭りだ

今天是男人的火把祭典。

19. あっぱれ　あっぱれ　あっぱれ　あっぱれ

あっぱれ　千年萬年

讚！讚！讚！讚！讚！千年萬年。

20. あっぱれ　あっぱれ　あっぱれ　あっぱれ

あっぱれ　幸はふ国よ

讚！讚！讚！讚！讚！一個幸福的國度喔！

語詞分析

1. 火祭り：（名）火把祭典。此類祭典以京都府左京
區最有名，每年 10 月舉行，主辦爲「由岐神社」
【ゆきじんじゃ】。此外，和歌山縣新宮市 2 月份的

94

「神倉神社」【かみくらじんじゃ】也頗著名。前
者女性可參加，後者禁止女性參加，曲名「男の火
祭り」，故指新宮市「神倉神社」的祭典。

2. 日本の男は身を粉にして働いて：片語「身を粉に
する」意思是不辭辛勞、辛苦工作之意。「身を粉
にして」的「て」形連用修飾「働いて」，這句翻
爲日本男人不辭辛勞工作。「働く」→→「働い
て」也是「て」形，用以接續下句表狀況提示。

3. 山に海に生きてきた：〈生存在山上海上〉。「に」
（格助）動作歸著點。「生きる」（自Ⅱ）①生存②
生活、維持生活。

4. 女は嫁いで男に寄り添って：〈女人出嫁後，依靠
男人〉。「嫁ぐ」（自Ⅰ）〈出嫁〉→→「嫁いで」
（動詞「て」形表動作接續）〈出嫁之後〉。「寄り
添う」（自Ⅰ）〈接近、貼近、緊挨〉→→「寄り添
って」「て」形表動作附帶狀態）。

5. 留守を守って暮らしてた：＝「留守を守って暮ら
していた」其中「暮らしていた」的「～ていた」
的語幹「い」省略。「留守」（名）①看家、看門②
不在家③忽略。「守る」（他Ⅰ）①守衛、守護②遵
守③保持。「留守を守る」其意有①「留守に泥棒
が入らないように守る」〈守護家，不要讓小偷進

來〉。②「留守に火事にならないように守る」。
〈守護家，不要失火了〉，所以「留守を守る」可
翻譯爲看家、顧家、守空房（因爲男人出門打魚、
打獵出外工作）。「暮らしてた」〈生活著、過活、
過日子〉。

6. 大地の恵みをありがとう：這句翻爲感謝大地的恩
澤。「恵み」（名）恩惠、恩澤、施捨。「大地の恵
みをいただき、ありがとう」→→「大地の恵みを
ありがとう」歌詞是簡略的日文會話體說法，省去
授受動詞「いただきます」。

7. あっぱれ：源於「天晴れ」是一句鼓勵他人的話，
語氣強而有力。＝「よくやった」〈幹得好、做得
棒〉＝「たいしたものだ」〈太厲害了、太強了、
眞讚！〉＝「凄い」〈厲害！了不起！〉＝「見事
だ」〈漂亮！〉。

8. 幸はふ国よ：「幸はふ」＋「国」→→「幸はふ
国」〈一個幸福的國度喔！〉。「幸はふ」（文）（自
Ｉ）＝【さきわう】＝【幸ふ】（文）（自Ｉ）〈幸
福、繁榮〉。因爲那是文言文表記「幸はふ」不念
【sa ki ha hu】，要念【さきわう】。

9. 未来に夢を持ち上げて：「持ち上げる」（他Ｉ）
〈①拿起、舉起②奉承、過分、誇獎〉→→「持ち

上げて」（「て」形表動作接續），「未来」歌詞發音【あす】＝【明日】，而非原漢字【未來】音讀的【みらい】，意謂著這作者欲表達相對於【未來】，【明日】更有明確的急迫時間感，因爲若是【未來】「みらい」，表示屬於長期的未知數狀態的感覺。「に」（格助）表動詞「持ち上げる」的對象。所以這句翻爲我要捧個夢給明天。

10. 歌え踊れ：「歌う」（他Ⅰ）〈唱歌〉→→「歌え」（命令形）〈唱〉。「踊る」（自Ⅰ）〈跳舞〉→→「踊れ」（命令形）〈跳〉。這裡命令形表激勵、期望，可翻譯爲唱起來、跳起來、唱啊！跳啊！☞p242-9、p293 表 1。

11. 今生きて：＝「今を生きる」（歌詞省略「を」，表狀態時「今を生きている」。歌詞以「て」形表現，按「今生きて」前接「歌え踊れ」是命令形，所以將它欣賞成命令形的「今を生きてくれ」和「今を生きてください」的省略比較順，所以「今を生きて」中文翻譯成「給活在當下」或「請活在當下」、「活在當下」。如果「今を生きて」的「て」當終助詞時，解釋爲事實說明或徵求同意的語氣「活在當下呀！」、「活在當下呦！」、「要活在當下呀！」。

12. 歌詞第 13 句和 14 句，整理合爲完整句子後，成爲「祭りの心意気が日本の伝統を親から子へ孫へ繋ぐ」。

13. 日本の伝統を親から子へ孫へつなぐ：「つなぐ」＝【繋ぐ】（他Ⅰ）①繋、拴、結②連結、串起③維繫。「へ」（格助）表動詞「つなぐ」的動作方向。「親から」→→「親」（名）〈①雙親、父母②祖先③（動植物的）母體④（賭博）莊家⑤中心人物或主結構⑥大的、主要的〉＋「から」（格助）〈從〉→→「親から」〈從父母親、從祖先〉。「を」（格助）表承接動詞的受詞用。本句譯爲「把日本傳統從祖先連結給孩子孫子」。

14. 日本の伝統：「伝統」本該發音爲「でんとう」而不是「れきし」，歌詞發音爲「れきし」＝【歷史】。在此特別說明曲子涵義。「でんとう」是定義爲一種長久的流行，傳統本身也沒有課以任何人必要遵守的義務，它也並非永遠，也並非不變。而「れきし」是指人類社會發展的經過事實，或事物發展到目前爲止的變化過程的事實。所以，作者欲將重點敘述放在日本人，或日本男人的生活發展的歷史事實。

15. 祭りの心意気：可譯爲祭典的精神。「心意気」
    （名）①氣勢、氣魄②心思③氣質、性情。

16. 季節は巡る：本句助詞原來爲「が」，改用「は」
    表強調判斷的語氣。「季節が巡る」季節流轉，季
    節變化，四季輪轉、四季更迭。「巡る」（自他Ⅰ）
    ①旋轉②繞行③巡迴④再度輪流到。

七、感謝状 ～母へのメッセージ～
【～感謝信～給母親的訊息】

作詞：星野哲郎｜作曲：弦哲也
唄：島津亜矢｜1997

1. ひとりだけのとき

   只有我一個人的時候，

2. 誰もいないとき

   沒有任何人的時候，

3. そっと小声で　呼ぶのです

   我偷偷地小聲地呼喚。

4. お母さん　お母さん

   母親、母親

5. 呼んでいる内に　口の中が

   在我呼喚的當中，

100

6. 甘^{あま}く切^{せつ}なくなるのです

   我口中變得甘甜又苦澀。

7. お母^{かあ}さん　お母^{かあ}さん

   母親、母親

8. あとになり　さきになり

   您有時在前，有時在後，

9. 歩^{ある}いた砂山^{すなやま}

   我們走過了沙丘。

10. あとになり　さきになり

    您有時在前，有時在後，

11. さがした　しあわせの星^{ほし}

    我們找到了幸福之星。

12. お母^{かあ}さん　お母^{かあ}さん

    母親、母親

13. あのときも　言^いえなかった

    那時，我也無法對您說出。

101

14. あなたに贈る　ありがとう

一句贈送您的話——謝謝。

15. 旅に泣いたとき

當我旅行哭泣時，

16. とても寒いとき

非常寒冷時，

17. 窓に名前を書くのです

我在窗上寫上母親名字。

18. お母さん　お母さん

母親、母親

19. 書いている内に　胸は晴れて

我在寫的當時，內心開朗地，

20. 生きる希望をみつけます

尋找活著的希望。

21. お母さん　お母さん

母親、母親

22. あとになり　さきになり

您有時在前，有時在後

23. 連れとぶかもめは

群飛的海鷗，

24. あとになり　さきになり

有的在前，有的在後，

25. あなたと　さがした　倖せ

我和您找到了幸福。

26. お母さん　お母さん

母親、母親

27. あのときも　言えなかった

那時，我也無法對您說出，

28. あなたに　贈る　ありがとう

一句贈送您的話——謝謝。

29. お母さん　お母さん

母親、母親

30. あのときも　言えなかった

那時，我也無法對您説出，

31. あなたに 贈る　ありがとう

一句贈送您的話——謝謝。

32. あなたに 贈る　感謝状

這是一封寄給您的感謝信。

語詞分析

1. 母へのメッセージ：「～への～」是兩個格助詞重
   疊用法，「へ」（格助）表動作的方向，「～の～」
   （格助）表連體修飾，下接另一個名詞，所以「～
   への～」翻譯成中文爲「給～的」、「送給～的」、
   「寄給～的」、「對某人～的」、「向～的」。因此、

「母への〜」翻譯爲給媽媽的〜。「メッセージ」（名）（message）（英）訊息、消息、訊號。「の」的助詞重疊用法有「〜での〜」、「〜からの〜」、「〜までの〜」「〜との〜」、「〜よりの〜」、「〜ばかりの〜」、「〜ながらの〜」、「〜だけの〜」☞p163-20。

2. 一人だけ：「一人」（名）〈一個人〉＋「だけ」（副助）〈只有、僅有〉→→「一人だけ」〈只有一個人〉。「だけ」接助詞「〜の〜」（格助）→→「〜だけの〜」〈只有的〜、僅有的〜〉＋「時」（名）〈時候〉→→「一人だけの時」〈只有一個人的時候〉。

3. 誰もいない：「疑問詞」＋「も」（副助）＋「否定」＝「全部否定」。「誰」〈誰〉＋「も」〈也〉＋「いない」〈沒有、不在〉→→「誰もいない」〈誰也都不在〉。「いる」（自Ⅱ）〈有、在〉→→「います」〈有、在〉＋「ない」（助動）→→「いない」〈不在、沒有〉。第二類動詞的常體否定形「ない」形，去掉「〜ます」即可。「誰もいない」＝「誰もいません」。

4. そっと：（副）悄悄地、偷偷地、靜靜地。

5. 小声で呼ぶのです：「で」（格助）表方法、手段。

這裡是說「用小聲去……」。「呼ぶ」（他Ⅰ）叫、喊、稱爲☞p203-7。「～を呼ぶ」歌詞省去喊叫的受詞母親，原句爲「お母さんを呼ぶ」。「の」（格助）此處用法爲解釋或說明原因理由或隱藏背後的原因理由。

6. 呼んでいるうちに：「呼ぶ」（他Ⅰ）〈叫、喊〉→→「呼んでいる」〈正在叫、正在喊〉＋「～うちに」〈①趁著…②在…當中〉爲連用修飾語的標準句型，以格助詞「に」終結前句，以連用修飾後句☞p207-14。因此「呼んでいるうちに」翻譯爲正在呼喊的當下。表示現在進行或狀態作用的「～ている」中的「いる」爲動詞連體形，所以接名詞「うち」。

7. 口の中が甘く切なくなるのです：「口の中が甘い」〈口中是甘甜的、口中甘甜〉→→「口の中が甘く」＋「なる」（他Ⅰ）〈變成〉→→「口の中が甘くなる」〈口中變甘甜〉。

　　「口の中が切ない」〈口中苦痛〉→→「口の中が切なく」＋「なる」（他Ⅰ）〈變成〉→→「口の中が切なくなる」〈口中變得苦痛〉→→「口の中が甘くて切なくなる」（歌詞省略「て」）。「て」形表並列。「なる」的連體形加上「の」（格助）加「で

す」。「の」用法如本篇解釋 5。「が」格助詞表形容詞的對象語。「甘い」（い形）〈甘甜的〉→→「甘く」和「切ない」（い形）〈苦痛的〉→→「切なく」都是「い形容詞」的第二變化用法，連用形下接動詞☞p301 表 5 。

8. 後になり、先になり歩いた砂山：欣賞成「後になり、先になり砂山を歩いた」。其意思是「皆の先に立って歩く」〈爭先走在大家前面〉。「母の先に立って歩く」〈走在母親前面〉。「先にいる母が後になる」〈在前面的母親落後〉。此歌詞是說有時母親在前，有時母親在後，走過沙丘。「後」（名）〈後面〉＋「に」（格助）＋「なる」（他Ⅰ）〈變成〉→→「後になって」（動詞「て」形）＝「後になり」（文章體）〈變成後面、在後面〉。「先」（名）〈前面〉＋「に」（格助）＋「なる」（他Ⅰ）〈變成〉→→「先になって」（動詞「て」形）＝「先になり」（文章體）〈變成前面、在前面〉。

9. 探したしあわせの星：改成標準動詞句＝「幸せの星を探した」。翻成找到了一顆幸福之星。「幸せの星」（名詞組）〈幸福之星〉＋「を」（格助）＋「探す」（他Ⅰ）〈尋找、探查〉＋「た」（助動）（表過去式）→→「探した」〈尋找了〉→→「幸

せの星を探した」。

10. あのときも言えなかった：「あのとき」〈當時、那時候〉。「言う」（他Ⅰ）〈說〉→→「言える」〈可以說、能說出口〉→→「言えない」〈不能說、說不出〉＋「た」（助動）（表過去式）→→「言えなかった」〈說不出〉。日文的可能動詞，又叫能力動詞，當第一類動詞時，其變化為用其語尾改成該行的「え」段音加上「る」即可。「言う」的語尾「う」改成「え」加上「る」→→「言える」，而可能動詞全都屬於第二類動詞，去掉「る」加上否定助動詞「ない」即變成可能動詞否定句。

11. あなたに贈る：「に」（格助）表動詞「贈る」（他Ⅰ）的對象。「贈る」（他Ⅰ）①送②匯、寄③度日子、過日子④派遣⑤推遲、延遲。「あなた」（名）漢字為【貴方】、【貴女】、【貴男】，屬尊敬語，因此，本歌詞以母親為對象所書寫，母親為長輩，所以翻譯為「您」比較恰當。

12. 旅に泣いた時：在旅途哭了的時候。「に」（格助）表「旅」時間定點。「泣く」（自Ⅰ）＋「た」（助動）（表過去式）→→「泣いた」〈哭了〉＋「時」（名）〈時候〉→→「泣いた時」。「泣く」☞p185-9。

13. 窓に名前を書く：把名字寫在窗上。「に」（格助）
    表動詞「書く」的動作著落點。

14. 書いているうちに：「～うちに」見本解釋 6。「書
    く」（他Ⅰ）〈寫〉→→「書いている」〈正在寫〉
    +「～うちに」→→「書いているうちに」〈正在
    寫當中〉。

15. 胸は晴れて：「晴れる」（自Ⅰ）〈①晴朗、晴②消
    散③心情舒暢、疑惑解除〉。「胸が晴れて」→→
    「胸は晴れて」用副助詞「は」再配合終助詞
    「て」→→「胸は晴れて」表強烈判斷或主張。如
    果第 19 句獨立一句時，翻爲我內心舒暢。若要跟下
    一句「生きる希望を見つけます」結合。「て」表
    狀態提示，爲連用修飾語用法，「胸は晴れて生き
    る希望を見つけます」欣賞成爲「內心開朗地去找
    尋活下去的希望」。按第 5 句 6 句是連結爲一句的，
    所以，第 19 和 20 句，也該是結合一句欣賞。

16. 生きる希望を見つけます：尋找活著的希望。「生
    きる」（自Ⅱ）①活著②謀生、生活③有效④有生
    氣。動詞「生きる」修飾名詞「希望」→→「生き
    る希望」〈活下去的希望、謀生的希望、活著的希
    望〉+「を」（格助）+「見つけます」（他Ⅱ）〈①
    發現②尋找、找到③看慣、眼熟〉→→「生きる希

望を見つけます」。

17. 連れ飛ぶ鷗：「連れ飛ぶ」（自Ⅰ）這動詞是「連れる」（他Ⅱ）〈帶〉加上「飛ぶ」（自Ⅰ）〈飛、跳〉的複合式動詞，意思是帶著飛，等於「連れて飛んでいる」。此句是「連れ飛ぶ鷗」翻譯成「帶著飛的海鷗」，意涵著「海鷗母親帶著小海鷗一起飛」。動詞「連れ飛ぶ」修飾名詞「鷗」→→「連れ飛ぶ鷗」。

18. あなたと探した幸せ：直譯爲「和您找到的幸福」。「と」（格助）表一起做動詞「探す」的共事者。「探す」（Ⅰ）〈尋找〉＋「た」（助動）（表過去式）→→「探した」〈尋找了〉。「探した幸せ」〈尋找到的幸福〉（用過去式表動詞完了的狀態）。此句也可欣賞成「あなたと幸せを探した」翻譯成「和您一起找到了幸福」。

110

八、恋に落ちて-Fall in Love-
【墜入愛河】

作詞：湯川れい子｜作曲：小林明子

唄：小林明子｜1985

1. もしも　願いが叶うなら

   假如願望實現的話，

2. 吐息を　白いバラに　変えて

   我要把嘆息化爲白玫瑰，

3. 逢えない日には　部屋じゅうに

   在不能見到你的日子，把它裝飾在整個屋子，

4. 飾りましょう　貴方を想いながら

   一邊想著你。

5. Darling I want you 逢いたくて

親愛的，我需要你，我想見你，

6. ときめく恋に　駆け出しそうなの

彷彿要奔向一段悸動的戀情啊！

7. 迷子のように　立ちすくむ

我如迷途之子，顫慄發抖，

8. わたしをすぐに　届けたくて

想把自己馬上寄送到你那裡，

9. ダイヤル回して　手を止めた

而撥起電話後，又停手了。

10. I'm just a woman Fall in Love
我只是個陷入情網的女人。

11. If my wishes can be true
如果我的願望可實現，

12. Will you change my sighs
願你將我的嘆息，

112

13. to roses, whiter roses

化爲白色玫瑰，

14. decorate them for you

將玫瑰爲你裝飾，

15. Thinkin'bout you every night

每晚思念你。

16. and find out where I am

才突然發現，

17. I am not livin' in your heart

我並非住在你心裡。

18. Darling, I need you　どうしても

親愛的，我需要你，爲什麼？

19. 口に出せない　願いがあるのよ

我有個說不出口的願望喔！

20. 土曜の夜と日曜の

我總想要週六夜晚和週日的你，

21. 貴方がいつも欲しいから

所以，

22. ダイヤル回して　手を止めた

我撥出電話後，停住了手。

23. I'm just a woman Fall in Love

我只是個陷入情網的女人。

24. Darling, You love me　今すぐに

現在，

25. 貴方の声が　聞きたくなるのよ

我想馬上聽到你的聲音喔！

26. 両手で　頬を押さえても

縱使雙手撐著臉頰想著，也是束手無策，

27. 途方に暮れる　夜が嫌い

我厭倦夜晚。

28. ダイヤル回して　手を止めた

我撥出電話後，又停住手了。

29. I'm just a woman Fall in Love

我只是個陷入情網的女人。

30. Don't you remember

你還記得，

31. when you were here

當你還在時，

32. without a thinking

不假思索，

33. we were caught in fire

我們天雷勾動地火，

34. I've got a love song

腦中響起一股旋律。

35. but where it goes

隨者旋律遠離，

36. three loving hearts are pullin' apart of one

一顆心已撕裂爲三。

37. Can't stop you, Can't hold you

無法阻止你，無法擁抱你，

38. Can't wait no more

我已不願再等。

39. I'm just a woman Fall in Love

我只是個陷入情網的女人。

40. I'm just a woman Fall in Love

我只是個陷入情網的女人。

語詞分析

1. 恋に落ちて：「に」（格助）表動詞「落ちる」的著落點、目的點。「落ちる」（自II）①掉落、陷落②衰敗③墮落④落後、不及格⑤落選⑥氣絕、暈過去。「落ちる」→→「落ちて」動詞「て」形屬終助詞，此處表事實的陳述，主觀的判斷。譯爲陷入愛情、掉入愛河。

2. 歌詞第1句連結到第4句是個完整句子。

3. もしも：【若しも】（副）假使、假如。句型爲「もしも…なら」〈假如…的話，…〉

   ① 「もしも、買えるなら、マンションでは、どちらを買いますか」
      〈假如買得起得話，大樓買哪邊？〉

   ② 「若しも、君がお腹が空いているなら、今すぐに夕食を作るよ」。
      〈假如你肚子餓的話，我現在馬上做晚飯喔！〉

4. 願いが叶うなら：「叶う」（自I）①能實現、能達到②合乎、適合〉+「なら」（接助）→→「叶うなら」＝「叶うならば」〈實現的話、要實現的話〉，

116

一般現在假定形的助詞「ば」一概省略，假定形「V5」＋「ば」 ☞p35-13 。「願い」（名）〈①願望、心願、志願②申請書〉＋「が」（格助）（自動詞使用が）＋「叶うならば」→→「願いが叶うなら」〈願望實現的話〉。

5. 吐気を白いバラに変えて：〈把嘆氣變成白色的玫瑰〉。「吐気」（名）如果念【はきけ】①嘔吐感②噁心。如果念【といき】時，①嘆氣②鬆一口氣。歌詞屬後者。「白いバラに」中的助詞「に」為動詞「変える」的目的點。「変える」以「て」形表動作的接續，以用來連接下句用。意味「改變後…」。按日文「花言葉」〈花語、花卉語言〉的分析，「白いバラ」〈白玫瑰〉代表純潔、深深的尊敬、你我相配、新的開始、思念、永遠的忠誠、永遠的愛等意思。

6. 逢えない日には：〈在不能見面的日子〉。「逢う」（自Ⅰ）〈見面〉→→「逢える」（可能動詞）〈能見面〉→→「逢えない」〈不能見面〉。格助詞「に」加副助詞「は」→→「には」表時間定點的強調。可能動詞 ☞p284-22 。

7. 部屋中に飾りましょう：格助詞「に」表「飾る」的歸著點。接尾名詞「〜じゅう」＝【〜中】表

「全面的…／全部的…／整個…／全…」之意。
「部屋じゅう」整個房間，故此句爲「裝飾整個房間吧！」。「飾る」（他Ⅰ）〈①裝飾②修飾、潤色③掩飾〉→→「飾ります」〈裝飾〉→→「飾りましょう」〈裝飾吧！〉。

8. 貴方を思いながら：「V2」＋「ながら」（接助）→→「貴方を思います」〈思念你〉＋「ながら」→→「貴方を思いながら」〈一邊思念你，一邊…〉。「思う」（他Ⅰ）①想②認爲、以爲③覺得、感覺④打算、決心⑤懷念⑥預料。文型「V2」＋「ながら」例句：①「歩きながら、話す」〈邊走邊談〉②「ラジオを聴きながら、勉強する」〈邊聽收音機，邊讀書〉③「お菓子を食べながら、ゲームをする」〈邊吃點心，邊玩電動遊戲〉④「生まれながらの詩人」（當接尾詞用）〈天生的詩人〉

9. 逢いたくて：「逢う」（自Ⅰ）〈見面〉＋「たい」（助動）〈想…〉→→「逢いたい」〈想見面〉＋「て」（接助）→→「逢いたくて」。「V2」＋「たい」 ☞p226-1 。「て」（接助）用法如本篇解釋1。

10. ときめく恋に駆け出しそうなの：「ときめく」【時めく】（自Ⅰ）①得意走運。②因激動興奮而心撲通撲通跳③喧囂、熱鬧。「ときめく」＋「恋」

（Ｎ）→→「ときめく恋」〈心動的戀情〉，動詞修飾名詞，屬於連體修飾語。「に」（格助）表下接動詞「駆け出す」〈①跑起來、奔跑起來②跑去、跑出、奔向〉的動作方向。「V2」+「そうだ」（助動）→→「駆け出す」+「そうだ」〈好像～〉→→「駆け出しそうだ」〈好像要奔向…〉→→「駆け出しそうなの」〈好像要奔向〉。「V4」+「の」（終助）〈①表柔和斷定②表疑問、反問③表命令〉，此處爲柔和斷定用法。「そうだ」的「V4」是「そうな」→→「駆け出しそうなの」☞p309 表 19 。

11. 迷子のように立ちすくむ：「立ちすくむ」【立ち竦む】（自Ⅰ）〈因恐懼而呆立不動、呆若木雞〉。「V4」+「ようだ」（助動）→→「V4」+「ように」☞p313 表 23 ，「ように」是「ようだ」的連用形，此句爲連用修飾語句，用來修飾「立ちすくむ」，「迷子」（名）①走失的小孩、迷路的孩子②遺失物。所以「迷子」是名詞接「ようだ」要用「V4」加上「の」。「迷子のように」翻譯爲如迷路的人般地…。整句是「如迷路的人般顫抖」。

12. 私をすぐに届けたくて：「届ける」（他Ⅱ）〈①將文件物品送到②呈報、報告〉+「たい」（助動）〈想…〉→→「届けたい」〈想送到…〉+「て」

（接助）→→「届けたくて」。這裡若獨立一句看，「て」爲終助詞用法，解釋如本說明 1。如果要第 8 句第 9 句連著看，「て」（接助）表直接的原因理由。翻譯成「想把自己馬上寄送到你那裡，而撥起電話…」。按第 20 句 21 句 22 句連成一句的歌詞分析中有「原因理由」，此句也當原因理由句解釋適當。「すぐに」（副）①立刻②距離很近③容易。

13. ダイヤル回して手を止めた：＝「ダイヤルを回して手を止めた」。省略的助詞「を」。「ダイヤルを回す」〈撥動電話鍵〉→→「ダイヤルを回して」〈撥動電話鍵後…〉。「て」（接助）表動作接續。「回す」（他Ⅰ）①轉②傳遞③派遣、打發④轉送⑤圍繞⑥借款、投資。「手を止める」〈停手、住手〉→→「手を止めた」〈停手了、住手了〉。

14. 口に出せない願いがあるのよ：翻爲「我有個說不出口的願望的呀！」「口に出す」（他Ⅰ）〈說出口〉→→「口に出せる」〈能說出口、能說出來〉＋「ない」（助動）〈不、沒〉→→「口を出せない」〈不能說出〉＋「願い」（名）〈願望〉→→「口に出せない願い」〈不能說出的願望〉＋「口に出せない願いがある」〈有一個不能說出的願望〉。可能動詞☞p284-22。「の」＋「よ」→→「のよ」說明見本

120

解釋 10。句型「～がある」〈有…〉。

15. 第 20 句，21 句和第 22 句連著閱讀。

16. 土曜の夜と日曜の貴方がいつも欲しいから：「～が」（格助）+「欲しい」（い形）→→「～が欲しい」〈想要…〉。「いつも」（副）①經常、總是、一直②平時③曾經。「土曜の夜と日曜の貴方」+「～が欲しい」→→「土曜の夜と日曜の貴方が欲しい」〈想要週六夜和週日的你〉，句型「V3」+「から」（格助）因為、所以。故，整句翻「因為我一直想要有個週六夜和週日的你」。

17. 貴方の声が聞きたくなるのよ：「V2」+「たい」→→「聞きます」（他Ⅰ）〈聽〉+「たい」（助動）（形容詞詞性）〈想…〉→→「聞きたい」〈想聽〉+「なる」（自Ⅰ）→→「聞きたくなる」〈變得想聽〉☞p226-1。「が」（格助）表希望的助詞，「貴方の声を聞きます」〈聽你的聲音〉→→「貴方の声が聞きたい」〈想聽你的聲音〉→→「聞きたくなる」+「の」（終助）+「よ」（終助，表提醒用法）→→「聞きたくなるのよ」〈我變得想聽喔！〉可意譯成〈我想聽喔！〉。歌詞第 6 句 19 句 25 句均有「～のよ」，見本解釋 10。

18. 両手で頬を押さえても：「で」（格助）表方法、手

段。「頬を押さえる」〈撐住臉頰。此動作意指在思考事情或不好意思、羞愧之意〉。句型「V2」+「ても」（接助）〈即使…、縱使…也…〉☞p67-12。「頬を押さえる」→→「頬を押さえても」〈即使撐住臉頰也…〉。「押さえる」（他II）①按壓②過止、控制③扣押、扣留④壓制⑤抓住。

19. 途方に暮れる：「途方」（名）①方法、手段②道理、調理。「途方に暮れる」（片）束手無策、走投無路。

20. 途方に暮れる夜が嫌い：這第 26 句和第 27 句連成一句欣賞的話：「両手で頬を押さえても、途方に暮れる夜が嫌い」意思是「我厭倦不管撐著臉頰怎麼想，也束手無策的夜晚」。若要分開欣賞，則變成「両手で頬を押さえても途方に暮れる」〈即使我撐著臉頰認眞想，也束手無策〉和後半的另一句「夜が嫌い」〈我厭倦夜晚〉。

九、転がる石
【滾石】

作詞：阿久悠｜作曲：杉本眞人

唄：石川さゆり｜2002

一、

1.　十五は　胸を患って

我十五歲患肺病，

2.　咳きこむたびに　血を吐いた

每每重咳時，就吐血。

3.　十六　父の夢こわし

十六歲時，我破壞父親的期望，

4.　軟派の道を　こころざす

我立志要走輕鬆之路，

5. 十七 本を読むばかり

　　十七歲時，我光看書，

6. 愛することも 臆病で

　　連去愛人，也害怕。

7. 十八 家出の夢をみて

　　十八歲時，我夢想離家出走，

8. こっそり手紙 書きつづけ

　　而偷偷地持續地寫信給人。

9. ああ　ああ　　ああ　ああ

　　啊…啊…啊…啊…

二、

10. ※転がる石は どこへ行く

　　滾動的石頭往何方？

11. ※転がる石は 坂まかせ

　　滾石任由坡道而去。

12. ※どうせ転げて　行くのなら

反正都要滾動的話，

13. ※親の知らない　遠い場所

就滾到父母所不知的遠方。

三、

14. 怒りを持てば　胸破れ

一有怒火，就氣急敗壞，

15. 昂りさえも　鎮めつつ

連自傲也要一直壓抑。

16. はしゃいで生きる　青春は

嬉鬧有生氣活力的青春，

17. 俺にはないと　思ってた

我本想不會在我身上。

四、

18. 迷わぬけれど　このままじゃ

我雖不迷惘，但如此這般的話，

19. 苔にまみれた石になる

我將變成一顆長滿青苔的石頭，

20. 石なら石で　思いきり

我是石頭的話，我想我要狠狠地，

21. 転げてみると考えた

以石頭之姿，試著滾動看看。

22. ああ　ああ…

啊…啊…

23. ああ　ああ…

啊…啊…

※二番を二回繰り返す。(第二段反覆唱兩次)

126

語詞分析

1. 転がる石：「転がる」（自Ⅰ）①滾動、滾②倒下、躺下③擺著、扔著④。動詞修飾名詞句→→「転がる」＋「石」（名）→→「転がる石」〈滾動的石頭、滾石〉。世界俗諺有「A rolling stone gathers no moss」〈滾石不生苔〉，在日文可譯爲「転がる石に苔は生えぬ」、「転がる石に苔がつかない」、「転がる石に苔生さず」。

2. 胸を患って：「胸を患う」〈得肺病、患肺病〉。「患う」（自／他Ⅰ）①患病、生病②＝【煩う】煩惱、苦惱。「患う」＋「て」（接助）→→「患って」（以「て」形表接續作用）。「胸」（名）①胸、胸膛②心、心臟③肺④胃⑤心、內心、心胸。

3. 咳き込むたびに、血を吐いた：此句是每次咳得嚴重時吐血。「咳く」（自Ⅰ）〈咳嗽〉＋「込む」（自Ⅰ）→→「咳き込む」〈嚴重咳嗽、持續咳〉。「血を吐く」〈吐血〉＋「た」（助動）→→「血を吐いた」（過去式）〈吐血〉。「V4」＋「たびに」【度に】〈每次…〉。

例①：「彼らは顔を合わせるたびには、喧嘩する」〈他們每次碰面就吵架〉

例②：「これを見る度に、故郷を思う」

〈每看到這個，就想起故郷〉

例③：「引越しのたびに荷物が増える」

〈每搬一次家，行李就增加〉

4. 父の夢こわし：「父の夢を壊す」〈打壊父親的希望〉→→「父の夢壊して」＝「父の夢を壊し」（文章體）。歌詞省去格助詞「を」和接續助詞「て」。動詞「壊す」（他Ⅰ）①弄壊、毀壊②損害、傷③破壊。「父の夢を壊して」的接續助詞「て」表附帶狀況。

5. 軟派の道を志す：可翻譯爲立志要走輕鬆路線。以臺語解釋則爲〈要【beh】走軟的【nńg-ê】〉。「軟派」（名）①指鴿派、穩健派②報社的文化版、社會版或八卦版記者③色情文學④跟女人混的人。「志す」（他Ⅰ）立志、志願。而「軟派」是本首歌中最難推敲的語彙之一。

6. 本を読むばかり：一直讀書、光讀書、光用功。「本を読む」〈讀書〉＋「ばかり」（副助）→→「本を読むばかり」〈光用功〉。

「V3」＋「ばかり」（副助）〈一個勁地…只…／光是…／一味地…〉

例①：「口で言うばかりではだめだ」

〈光耍嘴皮子不行〉

例②：「物価は上がるばかりだ」

〈物價一直上漲〉

例③：「他人のことばかり、考えている」

〈光考慮別人的事〉

例④：「残っているのは、不良品だ」

〈剩下的盡是次級品〉

例⑤：「遊んでばかりいないで、勉強しなさい」

〈不要光玩，請多用功〉

7. 愛することも臆病で：「愛する」（自／他Ⅲ）＋「こと」（形式名）→→「愛すること」〈去愛人的事、愛他人、愛人〉。「臆病」（な形）膽小、膽怯。「で」爲「な形」形容詞第二變化連用形的中止形用法☞p302 表 6，這裡的「で」中止形用法，表並列。

8. 家出の夢をみて：譯爲我做一個離家出走的夢。「家出」（名）〈①離家出走②出家爲僧〉＋「の」＋「夢を見る」〈作夢〉→→「家出の夢を見る」＋「て」（接助）→→「家出の夢を見て」（動詞

「て」形，表狀況提示）。

9.　こっそり手紙書きつづけ：＝「こっそり手紙を書き続ける」（省略格助詞「を」）〈悄悄地不斷寫信給人〉＋「て」（接助）→→「こっそり手紙を書き続けて」→→「こっそり手紙を書き続け」（文章體省略終助詞的「て」，此處「て」表事實的陳述，主觀的判斷）。「こっそり」（副）①悄悄地②秘密地③靜靜地。複合動詞句規則，「V2」＋「つづける」〈繼續…、持續…、一直…〉。

例①：「雨が五日間も降り続けている。」〈雨也持續下了達五天之久〉。

例②：「お酒を飲み続ける。」〈繼續喝酒〉。

動詞「ます」形去掉「ます」，「書きます」＋「つづける」（他Ⅱ）→→「書き続ける」。歌詞裡沒明確表示寫信的對象，省去了「誰に」文節，本來為「誰かに手紙を書き続ける」〈持續寫信給人〉。

10.　転がる石は坂まかせ：「転がる石は坂にまかせる」＋「て」（接助）→→＋「て」（接助）「転がる石は坂にまかせて」→→「転がる石は坂にまかせ」（「て」形省去的用法，如上面解釋9）。歌詞中省去了「任せる」動詞對象的格助詞「に」。「任せる」（他Ⅱ）①任憑②委任、委託③盡量。「坂にま

130

かせる」〈任由坡道、託給坡道〉。整句爲滾動的石頭託給坡道。此歌詞表示滾動的石頭隨波逐流，比喻人無確定的方向和目標，只因循環境、潮流而行。

11. どうせ：（副）①反正②終歸、無論如何。

12. 転げて行くのなら：譯爲若要滾動下去的話。「転がる」（自 I ）＝「転げる」（自 II ）（關西方言）＋「て」（接助）→→「転げて」＋「行く」（自 I ）（補助動詞用法）→→「転げて行く」〈滾動下去〉。「V2 て行く」爲漸遠態句型，表動作持續進行或逐漸變化，漸漸地…的用法☞p282-21。假定形「N／V3」＋「なら」〈如果…的話、要是…的話〉☞p184-7，「転げて行く」＋「なら」→→「転げて行くなら」＋「の」（格助）→→「転げて行くのなら」，「転げて行くなら」＝「転げて行くのなら」中譯時相同，而「～なら」和「～のなら」的差別，後者屬強調的用法。「転げて行く」＋「の」＋「です」→→「転げて行くのです」（把它先加上「の」改爲解釋原因理由句，表判斷的結果後，再變假定形）→→「転げて行くのなら」，「です」的假定形即「なら」☞p310 表 20。

13. 親の知らない遠い場所：欣賞此歌詞時，此句的動詞應爲「転がる」，而歌詞中省去格助詞「へ」。即「親の知らない遠い場所へ転がる」〈滾向父母不知道的遠方〉。「親の知らない」＝「親が知らない」因爲連體修飾語句的「が」可改成「の」，然後再修飾「遠い場所」〈遠的場所、遠方〉。

14. 怒りを持てば、胸破れ：「胸破れ」其意爲「胸が破れるような苦しさを感じる」或「怒りに胸が張り裂ける」，詞意爲整個胸腔要爆裂，意指氣炸般的苦痛、氣急敗壞、暴跳如雷。「怒りを持つ」〈有怒氣〉＋「ば」（接助）→→「怒りを持てば、」〈有怒氣的話，就…〉日語假定形 ☞p35-13 。「胸」（名）☞p127-2 。「胸が破れる」＋「て」（接助）→→「胸が破れて」→→「胸が破れ」→→「胸破れ」歌詞省略格助詞「が」和接續助詞「て」。

15. 昂ぶりさえも：「昂ぶる」（自Ⅰ）→→「昂ぶります」→→「昂ぶり」（名）〈自傲、興奮、高昂〉。「さえ」（副助）〈連…、甚至…〉＋「も」（副助）〈也〉→→「さえも」〈甚至…也…〉 ☞p83-9 。
例①：「立っていることさえも、やっとだった」〈連站立都很勉強〉
例②：「子供にさえ分かる」〈連小孩都會〉

例③：「風が吹き出しただけでなく、雨さえ降り
出した」〈不僅開始颳風，連雨都下起來了〉。

16. 鎮めつつ：文言文「V2」＋「つつ」（接助）（文）
＝「V2」＋「ながら」（接助）☞p118-8。此句型含
意有三①一面…一面…②＝「〜が」、「〜けれど
も」逆接用法時，翻譯爲雖然…但是…③表動作反
覆或持續（＝「〜ては」、「〜し続けて」）。依歌詞
第14句15句上下相連時的「つつ」屬用法③。「鎮
める」（他Ⅱ）〈①使…安靜②使…沉著③平安④
止、鎮〉＋「つつ」（接助）→→「鎮めつつ」＝
「鎮めながら」〈持續鎮住／不斷壓抑〉。

17. 怒りを持てば胸破れ、昂りさえも鎮めつつ：歌詞
第 14 句和第 15 句兩句，若前後顛倒欣賞，成爲
「昂りさえも鎮めつつ、怒りを持てば胸破れ」，
可譯爲雖然連自傲也要壓抑住，但一有怒氣，就會
有氣炸之苦痛。

18. はしゃいで生きる：「はしゃぐ」（自Ⅰ）〈①喧
鬧、喧囂、歡鬧②乾燥〉＋「て」（接助）→→「は
しゃいで」，此連用形「て」，表附帶狀態，連用修
飾語用以修飾「生きる」〈①活、生存、過日子②
增加價值③有生氣、有活力〉，意思爲喧鬧地活、
歡鬧地過日子、喧鬧有活力。

19. 青春は俺にはないと思っていた：〈我一直以爲青春不在我身上〉。存在句句型爲「～は～にある」〈…在哪裡〉→→「青春は俺にある」〈青春在我這裡〉→→「青春は俺にはない」〈青春不在我這裡〉。「～には」的「は」表強調用。「～と思う」〈我想…〉、〈我認爲…〉→→「～と思っている」（現在式，表「想」、「以爲」、「覺得」的狀態）→→「～と思っていた」（過去式，表過去狀態）→→「～と思ってた」（「いる」補助動詞的「い」語幹省略）。第16和17句要連著看，則「はしゃいで生きる青春は俺にはないと思っていた」，可譯爲我本來以爲歡鬧的有活力的青春不在我身上、我本來以爲歡鬧的活下去的青春不在我身上

20. 迷わぬけれど：〈雖然不迷惘〉。「迷う」（自Ⅰ）〈①迷、迷惑②迷戀③佛教語的執迷之意〉+「ない」（助動）→→「迷わない」〈不迷網〉=「迷わぬ」。「V1」+「ない」=「V1」+「ぬ」☞p306 表10。「V3」+「けれど」（接助）=「V3」+「が」（接助）=「V3」+「けれども」=「V3」+「けど」〈雖然…但是…〉。例：

A：表示前句和後句的逆接接續作用。

① 「ここは安いですけれども、美味しいです」

134

〈這裡便宜，但很好吃〉

② 「仕事が大変だけど、頑張ります」〈工作雖
辛苦，但我會努力〉

③ 「いっぱい食べたけど、まだお腹が空いてい
ます」〈吃很多了，但還是很餓〉

B：表語氣調整用或緩和的語感。

① 「吉田ですけれども、鈴木先生はいらっしゃ
いますか」〈我是吉田，請問鈴木老師在
嗎？〉

② 「すみませんけれども、お水をいっぱいくだ
さい」〈不好意思啦，請給我一杯水〉。

21. このままじゃ：＝「このままでは」〈這樣子的
話、這樣原樣不變〉。「～じゃ」＝「～では」（接
／副助）。「このまま」（名／副）〈就這樣、按著現
在這樣〉＋「～では」（①表判斷提示②表條件）
〈…的話〉→→「このままでは」。

22. 苔にまみれた石になる：譯爲變成一顆長滿青苔的
石頭。「～に塗れる」的「塗れる」（自Ⅱ）①沾汚
②沾上、沾滿。「苔に塗れる」〈長滿青苔〉＋
「た」（助動）→→「苔に塗れた」〈長滿青苔〉
（動詞「た」形表狀態）＋「石」（名）→→「苔に
塗れた石」〈長滿青苔的石頭〉＋「に」（格助）

→→「なる」（自Ⅰ）〈變爲、成爲〉→→「苔に塗れた石になる」〈成爲長滿青苔的石頭〉。

23. 石なら石で思い切り：「思い切り」（副）①斷念②死心③狠狠地。「名／V3」＋「なら」〈如果…的話〉→→「石」〈名〉＋「なら」（接助）→→「石なら」〈如果是石頭的話〉，見本篇解釋 12。「石で」的「で」（格助）表方法手段。「石で」〈以石頭〉這文節修飾下接的動詞「転げてみる」。歌詞第 20 句和第 21 句爲完整句子，必須連著欣賞。

24. 転げてみると考えた：「V3」＋「～と考える」（現在式）〈我想…／我認爲…〉→→「V3」＋「～と考えた」（過去式）〈我想了…／我本認爲…〉。「V2 て形」＋「みる」（他Ⅱ）〈…看看／試看看〉（補助動詞用法）→→「転げる」〈滾動〉＋「みる」→→「転げてみる」〈滾動看看〉。「V2 てみる」例句：

① 「サイズが合うかどうかわからないので、着てみます」〈因爲我不知道衣服尺寸合不合，我要試穿看看〉

② 「美味しいかどうかわからないので、試しに食べてみます」〈因爲我不知道好不好吃，所以我要試吃看看〉

③ 「もしお金がたくさんあったら、何をしてみ

たいですか」〈如果你有很多錢的話，你想試
著做什麼呢？〉
④ 「日本に行ったら、大相撲を見てみたいで
す」〈如果去日本的話，我想看看大相撲〉

十、酒のやど
【酒館】

作詞：池田充男｜作曲：森山慎也
唄：香西かおり｜2012

一、

1. おんなは翳ある　横顔みせて

　　聽說有個女人會露出帶有陰影的側臉，

2. 西から流れてきたという

　　從西邊流浪過來。

3. 問わず語りの　身のうえ話

　　她不經意地道出自己的身世，

4. ひざをよせあうカウンター

　　在櫃臺邊，促膝而談。

5.　さすらいの　さすらいの酒<ruby>酒<rt>さけ</rt></ruby>をのむ

我們喝著流浪的酒，

6.　こぼれ<ruby>灯<rt>び</rt></ruby>の　こぼれ<ruby>灯<rt>び</rt></ruby>の<ruby>酒<rt>さけ</rt></ruby>のやど

微微餘光的酒館，

7.　<ruby>硝子戸<rt>がらすど</rt></ruby>ゆすって　<ruby>雪<rt>ゆき</rt></ruby>が<ruby>舞<rt>ま</rt></ruby>う

屋內喧鬧，屋外雪花飛舞。

二、

8.　おんなは<ruby>数<rt>かぞ</rt></ruby>えて　はたちと<ruby>幾<rt>いく</rt></ruby>つ

女人屈指數著期待，

9.　<ruby>男<rt>おとこ</rt></ruby>につくした　<ruby>指<rt>ゆび</rt></ruby>を<ruby>折<rt>お</rt></ruby>る

期待那位曾盡心地愛過的 20 多歲的男人。

10.　<ruby>遠<rt>とう</rt></ruby>のむかしに　わかれた<ruby>女<rt>やつ</rt></ruby>を

那女人的風姿讓我想起，

11. 想い出させる　そのしぐさ

久遠之前分手的女人。

12. さすらいの　さすらいの酒をのむ

我們喝著流浪的酒，

13. こぼれ灯の　こぼれ灯の酒のやど

在微微餘光的旅館裡，

14. 泣くなよ　しみるぜ　あの汽笛

那汽笛聲刺痛內心，別哭呦！

三、

15. おんなは離れのちいさな部屋に

女人低頭說，請在那獨棟的小屋，

16. 泊まって行ってと　下を向く

住宿一夜後再走。

17. 故郷なくした似た者どうし

失去故郷的志趣相投的兩個人，

18. 夢のかけらが　ほしい夜

希望有個零星殘夢的夜晚。

19. さすらいの　さすらいの酒をのむ

我們喝著流浪的酒，

20. こぼれ灯の　こぼれ灯の酒のやど

在微微餘光的酒館裡，

21. ゆらりとくずれる　酔いごころ

一顆緩緩崩潰的醉心。

語詞分析

1. やど：＝【宿】（名）①房屋、家②下榻、過夜、住宿③旅館④雇工或雇工的家⑤（古時女人稱呼其

夫）當家的、主子。妻子對外稱呼自己先生時的俗話。⑥傭人、傭人的父母的家⑦高級妓院或老鴇。「酒の宿」像似現在的酒店、飯店、客棧。也可能是一家飯店的專有名詞，它就稱爲「酒のやど」。此歌詞不寫漢字【宿】，已隱喻⑤的解釋，【やど】它這不只是酒館，而是一個過夜之處、或女人的老公、或心儀的男人。

2. おんな：【女】（名）①女性、女子、女人、婦女②女傭③情婦、妾④女人的容貌或姿色⑤動物的、雌的、母的⑥賣春女⑦當接頭語時，表示小的或容易的⑧妻子。歌詞不用漢子【女】以表示強調女人或一種概念語表現，意即上述涵義的①②③④⑥⑧等的可能性。

3. 翳：（名）①日陰、影子②陰影③暗中處④日月等的光。「翳がある」＝「翳ある」〈有陰影〉（歌詞省去格助詞「が」）。「翳ある橫顏」〈有陰影的側臉〉，意指主語女人是遊廓街（娼妓街）上班的女人，或有過不好遭遇的女人、單親或喪偶、離婚過的女人。「翳ある橫顏」再連接下句「西から流れてきた」歌詞後，意境爲，女人從西邊走來，夕陽西下斜照女人時，臉會呈現陰影模樣。此也意味著藝妓女人，夜間才出勤活動的影子，更深深地映出

些許哀怨滄桑女人之感。

4. 橫顏見せて：＝「橫顏を見せて」〈讓～看側臉〉，「て」（接助）表動作狀況提示或附帶條件，用以連用接「流れてきた」。「橫顏」（名）①旁臉、側臉②側面觀察。

5. 西から流れてきたという：「西」＋「から」（格助）〈從〉→→「西から」〈從西邊〉，「流れる」（自II）①流動、漂流、（時光）流逝②滴③沖走④推移、變遷、逝去⑤散布、流傳⑥巡航、巡遊⑦漂泊、流浪⑧傾向、流程⑨死當、作罷⑩流產⑪流會、流當。句型「V3」＋「という」①說、叫做、叫②聽說。歌詞爲「聽說」解釋。

① 「美智子さんはすぐに行くと言いました」〈美智子小姐說馬上就去〉

② 「卒業後は故鄕へ帰って教師をしているという」〈聽說他畢業後回鄉當了老師〉

③ 「あの船の名前は何というんですか」〈那艘船叫做甚麼名字呢？〉

④ 「中野さんという人から電話があった」〈一個叫做中野的人打電話來了〉

6. 歌詞第一句和第二句一起看。「おんなは翳ある橫顏を見せて西から流れてきたという」〈聽說有個

女人會露出帶有陰影的側臉，從西邊流浪過來〉。
日語無定冠詞用法，所以加上〈有個女人……〉譯
文更順暢。

7. 有首歌叫做「京都から博多まで」1972 年出品，作
曲：猪俣公章、作詞：阿久悠。「京都から博多ま
で」歌詞中有「西へ流れて行く女」。與本首歌歌
詞意境雷同。根據日本自由作家「上江洲規子」所
著「大阪の遊郭の歴史」中，記載江戶時代在大阪
設立了「新町遊郭」「堀江遊郭」「曽根崎新地組
合」等風化區。而妓樓女子又分爲娼妓和藝妓。當
時「新町遊郭」區的娼妓主要分布在東側，而藝妓
的在西邊。因此歌詞也暗喻該女人爲藝妓身分。

8. 問わず語り：「問う」（他Ｉ）〈①詢問、打聽②追
問〉＋「ず」（助動）→→「問わず」（「ず」的連用
形可當名詞）〈不問、不論〉 ☞p54-3、p306 表 12。
「語る」（他Ｉ）〈①說、談、講②說唱〉→→「語
ります」（動詞「ます」形）→→「語り」（名）
〈說、談〉。「問わず」（名）〈不問、沒問〉＋「語
り」（名）→→「問わず語り」兩個名詞結合成的
複和名詞，發音爲「とわずがたり」所以「問わず
語り」翻爲「沒人問而說出」、「不知不覺洩漏」、
「不經意說出」，翻得更現代感可譯爲「自爆」。

9. 身のうえ話：「身の上」（名）①境遇②命運、運氣
③經歷、閱歷。指身邊自己的話題、有關自己的傳
說。「身のうえ」＝【身の上】（名）＋「話」（名）
→→「身の上ばなし」（名）〈自己的身世〉。

10. 問わず語りの身の上話：本來完整的句子是「問わ
ず語りに身の上を話す」，翻譯爲沒人問就自言自
語地說出自己的身世之意。

11. 膝を寄せ合う：＝「膝を突き合わせる」〈促膝而
談〉。「寄せる」〈①靠近②迫近〉＋「合う」（自
Ⅰ）〈①調和②適合③互相〉→→「寄せ合う」（自
Ⅰ）〈相互靠近〉。カウンター」（名）①櫃檯②計
算器③帳桌。「膝を寄せ合うカウンター」連體修
飾語句翻成〈促膝而談的櫃檯〉，可欣賞成「カウ
ンターで、膝を寄せ合う」意譯爲「在櫃檯促膝而
談」。

12. さすらい：【流離】（名）漂泊、流浪、流離顛沛。

13. こぼれ火：「零れる」（自Ⅱ）①灑落②溢出。其名
詞形爲「零れ」（名）〈①灑落的②剩餘的〉＋
「火」（名）→→「零れ火」〈餘火、餘光、溢出的
光線〉。

14. 硝子戸ゆすって雪が舞う：「硝子戸」（名）玻璃
窗、玻璃門。「ゆする」＝【揺する】（他Ⅰ）①搖

動、搖晃②敲詐③撼動④吵鬧、一起喧譁喧鬧。
「舞う」（自Ⅰ）①飄、飛舞②舞蹈。「雪が舞う」
〈雪花飛舞〉。「硝子戸をゆすって」直譯「撼動玻璃窗」，意指喧鬧聲撼動玻璃窗。「て」（接助）表並列、對比。這歌詞翻為屋內喧鬧，屋外雪花飛舞。意指在酒館內飲酒喧鬧，外頭雪花紛飛。

15. 数えて：「数える」（他Ⅱ）①數、計算②列舉。

16. 二十歳と幾つ男に尽くした：「と」（格助）這裡作「又」解釋，會話中常用它來介紹年齡。

例①：「まだ4歳と8ヶ月です」
〈才四歲又八個月〉

例②：「誕生日から、きょうで何歳と何か月かを調べます」
〈調查從生日到今天是，幾歲又幾個月〉

例③：「14歳と11ヶ月のミックと、13歳と11ヶ月のハル　今朝もお散歩してきました」
〈今早也跟14歲又11個月的米克（狗名）和13歲又11月的赫魯散步回來了〉

「幾つ」（名）①幾個②幾歲③用於接尾詞，表該大略數值。例：「彼も30幾つになったはずだ」〈他也應該30好幾了〉。「に」（格助）表動詞「尽くす」（他Ⅰ）的動作對象，「尽くす」①盡力、竭力

②為…效力③達到極點④做複合動詞時，…完／…盡。故，整句歌詞是說，女人對二十歲好幾（20多歲）的男人盡心盡力了。

17. 指を折る：屈指。這片語要配合上句的「数えて」成爲「指を折って数える」＝「指折り数える」本來中譯①屈指數來②小孩子用屈指算數學③＝「楽しみに待つ」、「そろそろ来るのでは」的意涵，屈指算一算還有幾天可以見到心上人的一種期待感。例如「誕生日まで指折り数える」→→「早く誕生日が来ないかなぁ」的一種心焦等待的情感。

18. 遠の昔に：＝「疾うの昔」【とうの昔】（名）早遠之前、很久之前、大老遠之前。「に」（格助）表特定時間定點。

19. 別れた女：「女」唱成【やつ】而不唱【おんな】，本來【やつ】的漢字是【奴】，歌詞意指那個親密之間的「她」、「人」。【奴】（名）①（用於鄙視輕蔑或親密的人之間的語言）人、傢伙、東西②那小子、那東西☞p45-7。

20. 別れた女を思い出させるその仕草：「別れる」＝【分かれる】（自II）〈分手〉＋「た」（助動）→→「別れた」〈分手了〉＋「女」（名）→→別れた女」〈分手的女人〉。「思い出す」（他I）〈想起、

147

想出〉+「せる」（助動）→→「思い出させる」
〈使…想起〉☞p279-16。「仕草」（名）①動作、舉
止、態度②演員的動作或作功、身段。

21. 第 10 和第 11 句整理爲「遠の昔に別れた女を思い
出させるその仕草」＝「その仕草が私に遠の昔に
別れた女を思い出させる」〈那女人的風姿讓我想
起，久遠之前分手的女人〉

22. 泣くなよ：「泣く」（自Ⅰ）〈①哭②感覺爲難、懊
悔、沮喪③減價〉+「な」（終助）→→「泣くな」
〈別哭泣〉，「泣くな」+「よ」（終助）（此處表勸
誘用法）〈呀！啦！喔！呦！〉→→「泣くなよ」
〈別哭泣呀！〉。禁止句☞p170-6。

23. 沁みるぜ：「沁みる」【染みる】①沾染、染上②
浸、滲入③痛、刺④感銘（在心）、深切感痛。「沁
みる」+「ぜ」（終助）〈呀！啦！吧！〉→→「沁
みるぜ」，這裡指的「あの汽笛が心に沁みる」〈那
汽笛聲刺痛內心啦！〉

24. 離れ：是「離れる」（自Ⅱ）的名詞形，「離れ」＝
「離れ家」＝「離れ屋」（はなれや）＝「離れ座
敷（はなれざしき）」＝「離れ部屋」（はなれべ
や）①鄉下的獨立家屋②有別於整棟群屋的獨立一
間房子。歌詞意指屬於男女情人的愛的小屋。

25. 小さな部屋に泊まって行ってと：「と」（格助）表
動詞片語「下を向く」〈低頭說〉的動詞內容。「泊
まって行って」→→「泊まって行ってください」
（歌詞省「ください」），意指女人低頭說：「請在
小屋子住一夜後再走」。「小さな」（連體詞）＝
「小さい」（い形）這兩者差異如下：

① 「ここは大きな会社です」
（表抽象的）〈這裡是一家大公司〉

② 「北海道の小さな町です。」
〈北海道的小城市〉（表抽象的）

③ 「大きな顔をする」
（表抽象的）〈一副自傲樣／自大樣〉

④ 「小さい正方形」
（客觀、具體的）〈一個小的正方形〉

⑤ 「小さな幸せ」（表抽象的）〈小小的幸福〉

⑥ 「大きなお世話」（表抽象的）〈大大的照顧／
多管閒事〉

26. 下を向く：（片）意指低頭、俯首。

27. 故郷なくした：「なくした」＝【無くした】＝
【亡くした】＝【失くした】，「なくす」（他Ⅰ）
〈①丟掉、丟失②去掉、削掉〉。「故郷をなくし
た」（歌詞省去格助詞「を」）翻譯為失去故郷了。

149

28. 似たもの同士：〈個性、興趣等相同的兩個人〉。「似る」（自Ⅱ）〈像、相似、相像〉＋「た」（助動）→→「似た」（過去式表狀態）＋「もの」【者】（名）＋「同士」（名）〈同志、志同道合的人〉→→「似たもの同士」。「者同士」（名）與片語「似た者同士」是近似詞，均指有共通的性質、性向及興趣相似的兩人。

29. かけら：【欠片】（名）①破片、殘渣②一點點。

30. 夢のかけらが欲しい：此句翻爲希望有個零星殘夢。「～が」（格助）＋「欲しい」〈想要…、想…、希望得到〉。

31. ゆらりと崩れる：緩緩地潰敗。「ゆらりと」（副）輕輕搖動、緩緩地擺動。「崩れる」（自Ⅱ）①坍塌、坍②散去③潰敗、被打垮④失去原形、走樣⑤變壞⑥行情跌落。

32. 酔い心：「酔う」（自Ⅰ）①醉、喝醉②暈（車或船等等）的「ます」形爲「酔います」，動詞名詞形去掉助動詞「ます」成爲「酔い」（名）＋「心」（名）→→「酔い心」〈醉心、醉了的心〉。

33. ゆらりと崩れる酔い心：「ゆらりと崩れる」修飾「酔い心」變成→→「ゆらりと崩れる酔い心」〈緩緩地潰敗的醉心〉。

十一、早春賦
【早春賦】

作詞：吉丸一昌｜作曲：中田章｜編曲者：三枝成彰
唄：湘南コール・グリューン｜1913

一、

1.　春は名のみの風の寒さや

春天是個虛有其表的風寒啊！

2.　谷の鶯　歌は思えど

山谷的黃鶯，縱使想唱首歌，但卻…

3.　時にあらずと声も立てず

不是時候之時，一點也發不出聲。

4.　時にあらずと声も立てず

不是時候之時，一點也發不出聲。

151

二、

5. 氷解け去り葦は角ぐむ

冰雪已融，蘆葦芽尖含苞待放。

6. さては、時ぞと思うあやにく

這麼說來，我想這時是時候啊！但偏偏！

7. 今日もきのうも雪の空

昨今都是雪天。

8. 今日もきのうも雪の空

昨今都是雪天。

三、

9. 春と聞かねば、知らでありしを

如不聞春，則不知春，可是…

10. 聞けば急かるる胸の思いを

若聞春，我有心焦之感呀！

152

11. いかにせよとのこの頃か

　　此時啊！將如何是好！

12. いかにせよとのこの頃か

　　此時啊！將如何是好！

語詞分析

1. 「早春賦」在 1913 年發表後，曾在 2006 年和 2007
　　年被日本文化廳和 PTA（Parent-Teacher Association）
　　全國協議會選爲日本歌曲百選。「吉丸一昌」【よし
　　まるかずまさ】先生是日本尋常小學【尋常小学校
　　（じんじょうしょうがっこう），明治維新之後
　　（1886），到第二次世界大戰爆發前（1939）的小學
　　制度，等於現在的小學 1 年級讀到 4 年級畢業的階
　　段】的唱遊課作詞委員會代表。他爲了歌頌長野縣
　　大町市「安曇野」（安曇平原）附近的早春情景而
　　作的一首歌。他也曾爲「長野大町高中」寫過校
　　歌。「吉丸一昌」先生是有名的教育者、作詞家、

文學家，曾任東京藝術大學教授。他一生貢獻音樂，卻以43歲之齡過世，英年早逝。目前在其出生地大分縣的大分縣臼杵市，設置有「吉丸一昌紀念館」。長野縣的安曇野市穗高川河堤邊，於 1993 年（平成 5 年）也立了「早春賦」歌碑。每年四月，穗高町舉辦「早春賦」音樂祭，作爲緬懷，名留後世。

2. 春は名のみの風の寒さや：「名」（名）〈名〉+「のみ」（文）（副助）〈只有、光、僅、淨是〉→→「名のみ」。「名」（名）+「ばかり」（現）（副助）→→「名ばかり」。副助詞「ばかり」 ☞p128-6 。「名のみ」＝「名ばかり」意思是徒有其名、有名無實、掛名、虛有其表。「寒い」（い形）〈寒冷的〉→→「寒さ」（名）〈冷意、寒冷〉，「い形」的語尾「い」去掉後，加上「さ」則可變成名詞 ☞p281-19 。「風」（名）+「寒さ」→→「風の寒さ」〈風的冷意、風的寒冷〉。「や」（終助）表詠嘆。所以這句翻譯爲春天是個虛有其表的風寒啊！

（譯註：本句歌詞意謂著，初春時，風仍冷颼颼地吹著大地，季節循環來到所謂「春」的 24 節氣的「驚蟄」時，實際上氣候仍蕭瑟，「春」只徒有其名。語意如我們在初春天時，常聽到氣象報告的一

句問候話：「春寒料峭、乍暖還寒」，請注意保暖，小心受寒等語。）

3. 谷の鶯　歌は思えど：「ど」屬文言文接續助詞，上接已然形，表兩種用法。一是順接的確定條件，二是逆接的確定條件。亦即「思ふ」（文）（他四，文言文四段活用）（は／ひ／ふ／ふ／へ／へ）＝（わ／い／う／う／え／え），故加上「ば」或「ど」時會是「思へば」（文言文表記）和「思へど」（文言文表記），若寫成白話文表記爲「思えば」〔順接確定條件〕和「思えど」〔逆接確定條件〕☞p312 表22。

而「思えど」表逆接的確定條件時有「思えても」和「思えたけれども」兩個意思。此句歌詞屬於後者「思えたけれども」解釋較適當。將其轉換成現代語，「歌は思えど」→→「歌を思えど」〈思歌，但…／想歌，但…〉（「は」取代「を」表強調）→→「谷の鶯が歌おうと思ったけれども～」或「谷の鶯が歌を思ったが～」或「谷の鶯が歌を思っても」〈山谷的黃鶯縱使想唱一首歌，但卻～〉或〈山谷的黃鶯想唱歌，可是～〉、〈山谷的黃鶯，即使想唱歌，卻～〉。

4. 時にあらずと声も立てず：「時にある」（文）＝「時です。」（現）〈是時候〉。「時にある」＋「ず」（助動）→→「時にあらず」〈不是時候〉。「時にあらず」（文）＝「時でない」（現）。「時にあらず」＋「と」（接助）＝「時でないと」〈不是時候的話，就…〉。「～にあらず」＝【～に非ず】＝【～に有らず】＝【～に在らず】＝【～に匪ず】

例①：「人にあらず」〈非人〉

例②：「君子は器にあらず」

〈君子不器〉（孔子名言，指君子是有理想的人）。

例③：「心、ここにあらずと昨日上司に言われた。」〈昨日被上司念說「心不在這裡」。〉「ず」☞p54-3、p306 表 12 。

「と」（接助）表必然條件句，「V3」＋「と」〈一…就…〉〈如果…就…〉。「ある」＋「ず」→→「あらず」〈無、非、沒、不是〉→→「あらず」＋「と」→→「あらずと」〈不是的話…／不是的時候的話…〉。

「声を立てず」＝「声を出さない」〈不出声〉。「声を立てる」〈發出聲音〉＋「ず」（否定助動）→→「声を立てず」〈不發出聲音〉→→「声も立てず」〈連聲音也不發出〉（意指如寒蟬般，不出一點

聲音）。助詞「も」後接否定時，表示全部否定。

5. 解け去り：「解ける」＝「溶ける」（自Ⅱ）〈溶解、
融化〉＋「去る」（自Ⅰ）（當複合動詞的接尾動詞
時，表完全…）〈…掉了／…完了〉→→「解け去
る」〈完全溶解了、全部融化〉→→「解け去り」
（文章體）＝「解け去って」），「て」形表接續。

6. あしは角ぐむ：「あし」（名）＝「葦」＝「蘆」
〈蘆葦〉。「角ぐむ」（自Ⅰ）→→「角のような芽
を出す」〈發出如角樣子的芽〉，此句爲（春天到
時）蘆葦發芽。「〜ぐむ」爲接尾動詞用法，例①
「芽ぐむ」〈含苞待放〉②「涙ぐむ」〈含涙〉。

7. さては：＝①「それては」（接）〈這麼說的話〉②
「さらにそのうえ」③「それ以外にも」④「その
ままでは」。屬接續詞，用於轉換話題時。中文爲
〈再加上…〉、〈這麼說來〉、〈那樣說的話〉。

8. 時ぞ：「時」（名）①時、時間②時刻③時期、時代
④時候、情況⑤時機、機會⑥有時。「ぞ」（終助
詞）在文言文中，表強烈主張或反問。「時ぞ」就
譯爲「是時候啊！」。

9. 〜と思うあやにく：「あやにく」＝「あいにく」
【生憎】（副）①不湊巧、偏巧②遺憾、可惜。
「と」（格助）表「思う」的動詞內容。

10. 今日も昨日も雪の空：「空」（名）光景、天空。此句意思是「今天昨日都是雪天」。

11. 春と聞かねば：＝「春と聞かなければ」（現代語），「聞く」（自Ⅰ）〈聞、問、聽〉→→「聞かない」〈不聞、不問、不聽〉＝「聞かぬ」（ない＝ぬ＝ず）→→「聞かぬ」＋「ば」（接助）→→「聞かねば」〈不聞的話、不問的話、不聽的話〉（否定助動詞「ぬ」的假定形是「ね」）☞p306 表 10 和 12。再者，古語「ば」（接助）用法有五種用法①接續未然形時，表順接假定條件，等於現代語的「…なら」、「もし…ならば」☞p116-3、p35-13②（接已然形時）表順接確定條件「…ので」「…から」③（接已然形時）表恆常條件「…と」「…ときは」④（接已然形時）表場合情況，「…すると」「…したところ」⑤（接已然形時）表逆接確定條件「…のに」。這句屬於①②③④欣賞均可，所以①是「春と聞かなければ…」、「春と聞かなかったら…」〈如不聞春的話…〉。②「春と聞かないので…」〈因為不聞春的…〉。③「春と聞かないと…」「春と聞かない時は…」〈不聞春的時候…就…〉。④「春と聞かなかったところ…」〈不聞春的時候…〉。

158

12. 補充說明本解釋11的「ば」這個助詞，在現代語和
    文言文（又稱古語）中用法大不同。文言文有順接
    假定條件和順接確定條件之分。①順接假定條件
    時，以「ば」接未然形，即等於現代文的假定形。
    即「V1」＋「ば」（文）＝「V5」＋「ば」（現）。②
    順接確定條件用法時，「V5」（已然形）＋「ば」
    （文）＝（現）「V4」＋「ので」（原因理由）＝
    （現）「V2」＋「たら」／「V2」＋「…たところ」
    （偶然條件）＝（現）「V3」＋「と」＝（現）
    「V3」＋「…といつも」＝（現）「V5」＋「ば」
    （恆常條件）的含義 ☞ p315 表 26。

    ① 「風来れば、花散りぬ」（風が来たので、花が
       散った）〈因為風來了，所以花謝了〉
    ② 「犬歩けば、棒に当たる」（犬が歩いている
       と、たまたま棒に当たった）〈外出碰到好運氣
       ／行事有時常會惹禍〉
    ③ 「電車に乗れば、腹が痛む」（電車に乗るとい
       つも、腹が痛くなる）〈搭捷運，就常肚子痛〉

13. 知らでありしを：＝「知らないでいたのを」，「～
    である」（助動）的連用形是「～であり」，所以
    「V2」＋「き」（文）（助動）〈表過去〉，「～であ
    り」＋「き」→→「～でありき」→→「～であり

159

し」。「し」是「き」的連體形☞p306 表 11，在文言文中連體形，可當受詞，所以可後接格助詞「を」。「知る」（文）（「ら」行四段）→→「知ら～」（「知る」的未然形）＋「で」（文言文接續助詞，＝「～ないで」＝「～なくて」）→→「知らで」（文）＝現代文「知らないで」＋「いる」（補助動詞）→→「知らないでいる」（表否定的狀態持續）→→「知らないでいた」＝「知らでありしを」（表過去否定的狀態持續）。

14. 知らでありしを：必須探討句中的「を」用法，現代語「を」用法簡單，但文言文較難，共有：

① （格助）表動作出發點。

　　例：「男児志を立てて郷関を出づ」
　　　〈男兒立志出鄉關〉（用法同現代語）

② （格助）表動作對象語、受詞（同現代語）。

　　例：「静かなるを望みとし、憂へなきを楽しみとす」（＝ただ静かに過ごすことを望み、憂いがないことを楽しみとする。）
　　　〈唯祈求平靜過日，以無憂爲樂〉

③ （接助）表順接。

　　例：「心苦しうおばさるるを、とく参り給へ」
　　　〈因爲覺得難過，所以趕快來吧！〉

160

④　（接助）表逆接。

　　例：「春も近もを鶯いまだ鳴かず」

　　〈春天到了，可是黄鶯還不鳴叫〉

⑤　（接助）表逆接確定條件。

　　例：「孫晨は冬の月に衾なくて藁一束ありける
　　を、夕べにはこれに臥し、朝にはをさめけ
　　り」（＝孫晨は冬の季節に夜具もなく、ただ藁
　　一束を持っていたが、夜はこれに寝て朝には
　　それを片付けたことである）

　　〈孫晨在冬季裡，無寝具，只有一束稻草，夜
　　晚睡此，早上再將其整理〉

⑥　（終助）表感動、感嘆。

　　例：「やんぬるかな、花の落ち去るを」

　　〈無可奈何，花落去〉

⑦　（終助）表感動或語氣調整。

　　例：「あこは我が子にてをあれよ」（＝お前は
　　きっと私の子であってくれよ）

　　〈你必定是我的孩子呦！〉

15.　知らでありしを：「知らでありしを聞けば」＝
　　「知らないでいたのを」聞けば。如果「を」表動
　　作對象語，現代語和古語，意思相同，可翻譯成爲
　　「若聞不知春」。如果 9 句和 10 句接續成爲「春と

聞かねば、知らでありしを聞けば」的話，翻譯爲
〈如不聞是春的話，就聞已知春時…就…〉，則邏
輯上不通。因此，必須將第 9 句和第 10 句當是個對
仗句，第 9 句「春と聞かねば、知らでありしを」
時，「を」爲逆接的接續助詞用法，本解釋 14 的④
或⑤，有「が」和「のに」當終助詞之含義 ☞p71-
21 。於是，本歌詞現代文譯爲「春と聞かなけれ
ば知らなかったのに！」

16. 聞けば急かるる胸の思いを：與第 9 句對仗以
「を」結尾。「を」爲本解釋 14 中的用法⑥。

17. 急かるる：＝「急かれる」（現）。「V1」＋「る」
→→「急く」（文）（自Ⅰ）〈①急、著急②急促〉＋
「る」（文言助動）→→「急かる」→→「急かる
る」（「る」的連體形） ☞p307 表 16 。文言文助動詞
「る」用法表示①可能②尊敬③被動④自發。本歌
曲內的「る」助動詞，可解釋爲可能或自發性用
法。

18. 急かるる胸の思いを：「急かるる」連體形修飾名
詞「胸の思い」，翻爲（發出）一股焦心之感、會
有心焦之感。「胸」 ☞p127-2 。

19. いかにせよ：片語「いかにする」〈如何？〉【如何
にする】→→「いかにせよ」〈如何〉。「する」的

命令形為「せよ」。現代文＝「いかにせよ」＝
「どのようにしろ」＝「どんなふうにせよ」。「す
る」的命令形有「せよ」（關西語）＝「しろ」（關
東語）☞p299 表 4。

20. との：格助詞「と」和格助詞「の」的結合的連語
詞☞p104-1。表「～という」之意。例①「お元気
とのこと」〈聽說您康健〉。②「近々おめでたとの
お話」〈聽說近來有好事〉。③「明日来るとの電話
があった」〈有來電說，明天要來〉。

21. この頃か：＝「この頃ですか」，「この頃」（名）
①現在、這時候②近來、這些天、最近③這般時
候、如今。所以「この頃か」在此翻譯成「此時
吧！」「此時啊！」最恰當。「か」（終助）當作為
自言自語或感嘆用法，翻譯為「啊！」「呀！」
「啦！」等。

22. いかにせよとのこの頃か：＝「これから、どうす
れば、よいと言うのでしょうか」。所以翻譯為今
後將如何是好啊！

十二、達者でナ
【請保重啊！】

作詞：横井弘｜作曲：中野忠晴

唄：三橋美智也｜1960

一、

1. わらにまみれてヨー　育てた栗毛

   裏滿稻草養大的小栗（小栗爲馬名）

2. 今日は買われてヨー　町へ行くアーアー

   今天要被買去城裡啊！

3. あーオーラ　オーラ　達者でナ

   呀喂！請保重啊！

4. あーオーラ　オーラ　かぜひくな

   呀喂！別感冒。

5. あゝかぜひくな

   呀！別感冒。

6. 離す手綱が　ふるえふるえるぜ

　　我要放手的韁繩會顫抖、顫抖呀！

二、

7. 俺が泣くときゃヨー　お前も泣いて

　　我哭時啊！，你也哭。

8. ともに走ったヨー　丘の道アーアー

　　一起跑過哦！那山丘的道路啊！

9. オーラ　オーラ　達者でナ

　　呀喂！請保重啊！

10. オーラ　オーラ　忘れるな

　　呀！別忘記。

11. あゝ忘れるな

　　呀！別忘記

12. 月の河原を　思い思い出を

月光下的河灘和回憶。

三、

13. 町のお人はヨー　よい人だろが

城裡的人啊！會是好人的囉！

14. 変わる暮らしがヨー　気にかかるアーアー

我擔心啊！那改變的日子呀！

15. あ—、オーラ　オーラ　達者でな

呀喂！請保重啊！

16. あ—、オーラ　オーラ　また逢おな

（あ——また逢おな）

呀喂！再見哦！

17. 可愛い　鬣撫でて　撫でてやろ

我幫你梳理你可愛的鬃毛吧！

語詞分析

1. 「三橋美智也」歌手是日本歌手中，第一個唱片賣
   超過一億張的歌手，首破紀錄在 1983 年。而在平成
   8 年（1996），三橋過世當時享年 69 歲，總計賣出張
   數爲 1 億 6000 萬張，紀錄輝煌，至今無人能敵。馬
   和牛都是農耕時代農家的重要家畜，無論是當副業
   養的，或是養來耕作的，實實在在都和農村內的每
   個人相連結著，在飼養過程裡，寄予高度的愛和關
   懷。當牠們要離開人們身邊時，更添濃濃的離愁。
   而三橋先生正是北海道農村歌手出身的眞正代表，
   由他唱出此歌曲時，也正喚醒當時多數日本人的幼
   時回憶。他唱紅的曲子不計其數，大致舉例如下；
   「江差追分」、「じょんがら節」、「哀愁列車」、「江
   差恋しや」、「リンゴ花咲く故郷へ」、「おさらば東
   京」、「おんな船頭唄」、「母恋吹雪」、「涙の子守
   唄」、「赤い夕陽の故郷」、「古城」等等。此外，其
   門下高徒計有「千昌夫」、「細川たかし」、「石川さ
   ゆり」等人。昭和 30 年代（1945-1964）如果說女歌
   手最紅的「三人娘」【さんにんむすめ】（又稱「元
   祖三人娘」【がんそさんにんむすめ】），即「美空

ひばり」、「江利チエミ」、「雪村いづみ」，乃指昭和時代最強的三位女性歌手。而當時最強三位男歌手稱爲「御三家」（ごさんけ），即，「橋幸夫」、「舟木一夫」、「西郷輝彦」。

2. 達者でナ：「達者」（な形）①精通、熟練、拿手②健康、健壯③圓滑、精明、強悍。按歌詞以②解釋。「ナ」（終助）＝「な」作者用片假名，表輕微提醒，見本篇解釋 3。「で」＋「ナ」→→「～でナ」（「な形」形容詞第二變化是「で」）與第一句歌詞「わらにまみれてョ」的動詞的第二變化「て」＋「よ」→→「～てよ」文法用法相同 ☞p302 表 6。所以「達者でナ」＝「元気でいてくれ」＝「お元気でね」〈請保重啊！保重啊！給我保重啊！〉，馬即將被買走，飼主告別時，跟馬說請保重。

3. わらにまみれてョ—育てた栗毛：「ョ」（終助）故意寫成片假名，此爲一種「間投助詞」用法。所謂「間投助詞」，是指插入句中用來調整語氣、添加情緒或強調或輕微提醒的助詞。現在日文中有「ね」、「や」、「さ」、「な」、「です」、「と」（只限男性用）、「だ」（只限男性用）等間投助詞 ☞p43-2。

168

例①：「そこでよ、私達も決心しなくちゃと思う
の！」〈因此嘛！我想我們也必須下決心了〉
例②：「俺よ、明日よ、出発なんだ」。
〈我啊！明天呀！就要出發了〉
例③：「昨日、図書館へ行ったらよ、休館だっ
た」。〈昨天到圖書館去了嘛！結果是休館〉
歌詞的間投助詞「よ」去掉後，成爲「わらにまみ
れて育てた」修飾「栗毛」（名）〈黃褐色、栗子
色，在此指養馬人家對這匹馬的暱稱〉，或許這隻
馬的毛是栗子色，而稱呼該名，如同黑毛的狗我們
叫牠「小黑」，白的我們取名爲「小白」一樣。「わ
ら」（名）＝【藁】〈稻草〉，「～にまみれる」的句
型，意思是「…塗滿身」、「…裹滿身」、「被…覆蓋
滿滿」之意，例句：
① 「汗にまみれて働く」〈滿身汗水工作〉
② 「泥まみれ」〈滿身泥巴〉
③ 「血まみれになる」〈渾身沾滿血、渾身是血〉
「藁にまみれる」〈被稻草覆蓋滿身〉 →→ 「て」
（接助）→→ 「藁にまみれて」＋「育てる」（他
Ⅱ）〈養育、培育〉 →→ 「藁にまみれて育てた」
〈稻草包覆滿身養育的〉＋「栗毛」→→ 「藁にま
みれて育てた栗毛」〈稻草包覆滿身養大的小栗〉。

「藁にまみれて」的「て」形表狀況提示。

4. 今日は買われてョ—町へ行くアーアー：=「今日は買われて行く町」=「今日は買われて町へ行く」。「今日は」的「は」（副助）表強調主題。「買う」（他Ⅰ）〈買〉+「れる」（助動）（表被動式）→→「買われる」〈被買〉+「行く」（自Ⅰ）→→「買われて行く」〈被買走、被買去〉。「町へ買われて行く」〈被買去鎮上〉。「買われて」的「て」表動作接續。「ョ」見本篇解釋 3。被動式☞p214-③。「アーアー」=「あーあー」=「ああ」感嘆詞的長音表現，表遺憾可惜的語氣，歌詞特用片假名，理由如本解釋 2。

5. オーラ：它是一種「掛け声」〈吆喝聲、喝采聲〉的用法。可翻譯爲「喂～！」「哦～！」

6. かぜ引くな：=「風邪を引かないでください」〈請不要感冒〉=「かぜを引くな」〈別感冒、不要感冒〉，日語禁止句爲「V3」+「な」（終助）
例：
① 「そんなに、あわてるなよ」〈別那麼慌張啦！〉
② 「芝生に入るな」〈不要踐踏草坪〉
③ 「そんなこと二度とするな」〈那種事別再做第

二次〉

7. 離す手綱がふるえ、ふるえるぜ：此句翻譯爲要放
手的韁繩會發抖啊！「ぜ」（終助）老人和婦人用
語，用於叮嚀對方或催促注意時或表示輕視對方，
可翻爲「啊！吧！呀！」。「離す」（他Ⅰ）①使…
離開②隔開。「離す手」＝「手を離す」〈放手、離
手〉。「ふるえる」【震える】（自Ⅱ）①震動②發
抖、顫抖。「ふるえ、ふるえる」＝「震えて震え
る」同一動詞反覆，以表強調，歌詞中省去前面的
助詞「て」。「手綱」(たづな)＝(たずな)〈韁繩〉。

8. 俺が泣くときゃ：＝「俺が泣くときや」〈我哭泣
的時候啊！〉。「～ときや」【時や】→→「～とき
ゃ」，這是口語縮音表現的一種 ☞p43-2、p205-11 。
「とき」的「き」加上「や」變成了拗音「き
ゃ」。這裡「や」是間投助詞用法，見本解釋 3。
「俺が泣く」〈我哭泣〉＋「時」（名）（時候）　＋
「や」〈啊！〉→→「俺が泣く時や」→→「俺が
泣くときゃ」。

9. お前も泣いてともに走ったヨー丘の道：→→「お
前も泣いて、ともに丘の道を走った」。第7句和第
8 句要一起欣賞。翻譯爲我哭泣的時候，妳也哭著
一起跑過山丘之路。「ともに」【共に】＝「一緒

に」〈一起、一同〉。「走る」（自Ⅰ）〈跑、奔跑〉＋
「た」（助動，表過去、完了）→→「走った」〈跑
過〉。「泣いて」的「て」表狀況提示。

10. あゝ：＝「ああ」（感），「ゝ」為日語平假名的重
疊符號。濁音時則為「ゞ」。例如「いすゞ自動
車」＝「いすず自動車」＝「五十鈴自動車」
☞p37-16。

11. 忘れるな：〈別忘記、勿忘、不要忘〉。「V3」＋
「な」（終助）表禁止句。「忘れる」〈忘記〉＋
「な」→→「忘れるな」，見本篇解釋 6。這裡的
「忘れるな」受詞，在下句的第 12 句歌詞中，即
「月の川原を忘れるな」〈別忘月光下的河灘〉，和
下一句的「思い出を忘れるな」〈勿忘回憶〉。

12. 町のお人はヨー、よい人だろが：＝「町のお人
は、よい人だろうが」譯為城裡的人，是個好人
啊！「～だろが」＝「～だろうが」，歌詞中省略
了助動詞「う」。助動詞「だ」的推量形「だろ
う」＋「が」（終助）（表願望或惋惜的心情）→→
「だろうが」☞p257-13、p310 表 20。

13. 変わる暮らしが気にかかる：「気にかかる」（片）
①在意②擔心③掛念、放心不下。「変わる暮ら
し」是動詞「変わる」修飾名詞「暮らし」，翻為

172

要改變的生活、要改變的日子、不一樣的日子。
「気にかかる」的主語是養馬的飼主，所以完整句
子是「私は変わる暮らしが気にかかる」〈我擔心
改變的日子、我擔心不一樣的日子〉。這句可欣賞
爲①馬要面對新主人的新生活②舊飼主把馬賣了之
後，少了馬伴的失落感的情感。

14. また　逢おな：＝「また、逢おうな」＝「また、
逢いましょうな」〈再會吧！〉。「会う」（自Ⅰ）
〈見面〉＋「う」（助動）→→「逢おう」（「逢う」
的意想形）〈見面吧！〉→→「逢お」歌詞省略了
助動詞「う」。「な」（終助）表感嘆、輕微提醒。
意想形句型，第一類動詞以其語尾「お」段音＋
「う」（助動），第二類動詞去其語尾「る」＋「よ
う」（助動）例：

①　「お父さんに電話を掛けよう」
　　〈打電話給父親吧！〉

②　「カラオケに行こう」〈去唱卡拉 OK 吧！〉

③　「頭が痛いから、学校を休もう」
　　〈頭痛，所以跟學校請假吧！〉

④　「いっぱい飲もう？」〈喝個痛快吧！〉

⑤　「雨が降るなら、傘を持って行こう」
　　〈會下雨的話，　妳就帶傘去吧！〉

⑥ 「行きましょう」→→「行こう」〈去吧！〉

⑦ 「飲みましょう」→→「飲もう」〈喝吧！〉

⑧ 「食べましょう」→→「食べよう」
〈吃吧！〉

⑨ 「来ましょう」→→「来よう」〈來吧！〉

⑩ 「しましょう」→→「しよう」〈做吧！〉

15. 可愛い鬣、撫でて、撫でてやろ：這句翻爲，幫你
撫摸（梳理）可愛的頸部鬃毛吧！「可愛い鬣を撫
でて」→→「可愛い鬣撫でて」歌詞中省去了
「を」（格助）。「撫でる」（他Ⅱ）〈①撫摸②梳理
③安撫〉＋「て」（接助）→→「撫でて」＋「や
る」→→「撫でてやる」〈幫你撫摸〉＋「う」（助
動）→→「撫でてやろう」〈幫你撫摸吧！〉＝
「撫でてやろ」（歌詞省去助動詞「う」文法同上
題解釋 14）。「やる」（他Ⅰ）爲對晚輩或對動植
物、無生物、或粗魯時的用法。「V2 て形」＋「や
る」爲日文授受動詞句之一，可翻爲〈幫他…／幫
你…／給他…／給你…〉。「V2 て形」＋「あげる」
〈對平輩用法〉，「V2 て形」＋「差し上げる」〈對
長輩用〉可翻譯爲〈幫您…／給您…〉。授受動詞
三大類中，由內到外的授受動詞句型例子：

① 「読む」（他Ⅰ）→→「お婆ちゃんに読んであ

げる」。〈念給祖母聽、讀給阿嬤聽、幫阿嬤
念〉

② 「電話番号を教える」（他Ⅱ）→→「電話番号を教えてあげる」。〈告訴他電話號碼〉

③ 「友達を紹介する」（他Ⅲ）→→「友達を紹介してあげる」。〈介紹朋友給他〉

④ 「私は弟に日本語を教えてやります」。
〈我教弟弟日語〉

⑤ 「私は友達にスペイン料理を作ってあげました」。〈我幫朋友做了西班牙菜〉

⑥ 「妹は父にお弁当を作ってあげました」。
〈妹妹做便當給爸爸、妹妹幫爸爸做了個便當〉

十三、手紙 ～拝啓 十五の君へ～
【敬啓者・給十五歲的你的一封信】

作詞：アンジェラ・アキ｜作曲：アンジェラ・アキ

唄：アンジェラ・アキ｜2008

一、

1. 拝啓　この手紙読んでいるあなたは　どこで何

をしているのだろう

敬啓者（收信平安）。

看著這封信的你，在哪裡？正在做些甚麼吧！

2. 十五の僕には誰にも話せない　悩みの種がある

のです

十五歲的我，有個無法跟任何人說出的煩惱原因。

3. 未来の自分に宛てて書く手紙なら

如果要寫封信給未來的自己的話，

176

4. きっと素直に打ち明けられるだろう

一定能眞誠地坦白說出吧！

5. 今負けそうで泣きそうで消えてしまいそうな僕は

現在，似會氣餒，似要哭泣，像是要消逝而去的我

6. 誰の言葉を信じ歩けば いいの？

要相信誰的話走下去，才好呢？

7. ひとつしかないこの胸が何度もばらばらに割れて

唯一的這顆心，幾次散亂地碎裂，

8. 苦しい中で今を生きている。

我活在當下的痛苦中。

9. 今を生きている。

活在當下。

二、

10. 拝啓（はいけい）　ありがとう　十五（じゅうご）のあなたに伝（つた）えたい事（こと）

があるのです

收信平安，謝謝。

我有件事，想轉達給十五歲的你喔！

11. 自分（じぶん）とは何（なん）でどこへ向（む）かうべきか　問（と）い続（つづ）ければ

見（み）えてくる

自己是誰？自己應該往哪裡去呢？反覆持續問的
話，就越來越看得見（我應往哪裡去）。

12. 荒（あ）れた青春（せいしゅん）の海（うみ）は厳（きび）しいけれど

波瀾萬丈的大片青春，雖然殘酷，但…。

13. 明日（あす）の岸辺（きしべ）へと　夢（ゆめ）の舟（ふね）よ進（すす）め

夢之船啊！你要前進到未來的岸邊。

14. 今（いま）負（ま）けないで泣（な）かないで消（き）えてしまいそうな時（とき）は

此刻，不要氣餒、不要哭、似乎要消失掉的時候，

15. 自分の声を信じ 歩けばいいの。

我要相信自己的聲音，走下去就可以啦？

16. 大人の僕も傷ついて眠れない夜はあるけど

大人的我，雖也有因受傷而難以入眠的夜晚，

17. 苦くて甘い今を生きている

但我是活在一個苦澀又甜美的當下，

18. 人生の全てに意味があるから　恐れずにあなた

の夢を育てて

因爲人生的一切都有意義，所以不要畏懼去培育你
的夢想。

19. Keep on believing
只要你堅信著。

20. 今、負けそうで　泣きそうで　消えてしまいそう

な僕は

現在，似會挺不住，似會哭，看似要消失而去的
我。

21. 誰の言葉を信じ　歩けばいいの？

我要相信誰的聲音走下去，才好呢？

22. ああ　負けないで　泣かないで　消えてしまいそ

うな時は

不要氣餒、不要哭、在彷彿要消失而去的時候，

23. 自分の声を信じ　歩けばいいの

我相信自己的聲音，走下去就可以啦！

24. いつの時代も悲しみを避けては通れないけれど

任何時代，逃避悲傷也行不通的啊！

25. 笑顔を見せて　今を生きていこう

露出笑容，活在當下吧！

26. 今を生きていこう

活在當下吧！

三、

27. 拝啓　この手紙読んでいるあなたが

敬啓者，正在看這封信的你，

28. 幸せな事を願います。

期望幸福。

語詞分析

1. 這是一篇以第一人稱寫給自己的信，跟自己真實身
   分對話的記敘文，面對青春期的自己、目前的困惑
   和未來心境，予以清晰描述，具有一種真實性和親

切感。

2. 這首歌 2008 發行後，極受矚目，成為千禧年世代出生的國、高中生的畢業歌的首選，在歷年的畢業歌排行榜上，均名列 10 名內，僅次於「旅立ちの日に」、「サヨナラの意味」、「YELL」、「道」、「友～旅立ちの時～」、「春が来る前に」、「栄光の架橋」等曲。

3. 拜啓：（名）中譯爲拜啓者、敬啓者、敬啓，以現代人寫信方式，可翻譯爲收信平安或○○先生您好。有時也用「謹啓」【きんけい】，中譯爲謹啓者。「拜啓」日本書信「冒頭語」（書信開頭的話，又叫啓首語，是知照啓事敬語用法之一，因緣於古時家臣手下，要跟所屬主君報告事務時，必須坐下，行坐下禮後，允許稟報之意。相對於冒頭語「拜啓」，書信結尾時的文末用語，日語稱爲「敬具」【けいぐ】（等於中文的、謹上、敬啓、敬上）。「敬具」意思是祭祀神明時，對神以敬畏之心，對神拘謹地稟報，它也是發願祈禱時的最敬語。

4. この手紙読んでいるあなたは；「この手紙を読む」〈看這封信〉→→「この手紙読んでいる」（現在進行式，歌詞省略格助詞「を」）〈正在看這封

信〉＋「あなた」（名）→→「この手紙読んでいるあなた」〈正在看這封信的你、看著這封信的你〉。「は」（副助）表提示主語。

5. 何をしているのだろう：「何をする」〈做甚麼〉→→「何をしている」〈正在做甚麼〉＋「の」（格助）（表要求說明原因理由）→→「何をしているの」〈正在做甚麼啊！〉＋「だろう」（助動詞「だ」的推量形）〈吧！〉→→「何をしているのだろう」〈正在做甚麼吧！〉☞p257-13。

6. 十五の僕には誰にも話せない悩みの種があるのです：這是存在句句型，「〜には〜がある」〈在…有…〉。「誰に話す」（格助詞「に」表動作對象）〈跟人說、跟誰說〉→→「誰に話せる」〈可跟人說、能跟人家說〉。「話す」（他Ⅰ）（說）→→「話せる」（能說）＋「ない」（助動）→→「話せない」〈不能說〉，可能動詞用法☞p284-22。「誰に」＋「も」（副助）→→「誰にも」〈也跟人說、也跟誰說〉（「も」加否定「ない」表全部否定）＋「話せない」→→「誰にも話せない」〈不能跟任何人說〉＋「悩みの種」〈煩惱的原因〉→→「誰にも話せない悩みの種」〈不能跟任何人說的煩惱的原因〉＋「の」（格助）（表解釋原因理由）＋「で

す」（助動）→→「誰にも話せない悩みの種があるのです」。「種」（名）①種子②品種③原因、新聞材料、話題、源④竅門。整句是「十五歲的我，有個無法跟任何人說出的煩惱的原因」；「十五歲的我，有個煩惱之源，無法跟人家說」。

7. 未来の自分に宛てて書く手紙なら：「宛てる」（他II）①碰撞、接觸②安貼、放③烤曬④發給⑤分配、充作⑥猜⑦適用。「宛てる」＋「て」（接助，表狀況提示）→→「宛てて」。「に」（格助）表「宛てる」動作的對象。「未来の自分に宛てて手紙を書く」〈給未來的自己寫封信〉→→「未来の自分に宛てて書く手紙」〈寫給未來的自己的一封信〉。條件句假定形「V3／N／な Adj」＋「なら」（接助）〈…的話〉，整句翻譯「如果是一封寫給未來的自己的話…」、「如果要寫一封給未來的自己的信的話…」。「V3／N／な Adj」＋「なら」。

① 「読みたいなら、貸してあげよう」
   〈如果想看，就借給你吧！〉

② 「花なら、さくらだ」〈花的話，就屬櫻花〉

③ 「冬なら、スキーです」
   〈要是冬天，滑雪最好〉

④　「君が行くなら、僕も行こう」
　　〈如果你去，我也去吧！〉

8.　きっと素直に打ち明けられるだろう：「素直」（な
形）①天眞、純樸②聽話、誠摯地③自然、沒毛
病。「打ち明ける」（他Ⅱ）〈坦白說出〉＋「られ
る」（助動）（表可能動詞）→→「打ち明けられ
る」〈能坦白說出〉＋「だろう」→→「打ち明け
られるだろう」〈能坦白說出吧！〉可能動詞
☞p284-22。「V3」＋「だろう」（「だ」推量形）〈…
吧！〉☞p257-13。「きっと」（副）一定、必然。整
句「一定能眞心地坦白說出吧！」。歌詞第3句和第
4句合起來爲完整句子。

9.　負けそうで泣きそうで消えてしまいそうな僕は：
歌詞第5句和第6句爲完整句子。句型「V2」＋
「そうだ」（助動）〈好像…／像是…／彷彿…〉
☞p309 表19。「負ける」（自Ⅱ）①輸②容忍、氣
餒、讓步、屈服、經不住③減價④贈送⑤容忍、寬
恕、寬容⑥劣於、不如、不及。「負ける」＋「そ
うだ」（助動）→→「負けそうだ」〈像要輸…／像
要氣餒〉→→「負けそうで」（「そうだ」的第二變
化「そうで」，「で」表接續用☞p309 表19）。「泣
く」（自Ⅰ）①哭②懊悔③忍痛、減價④發愁。「泣

く」＋「そうだ」（助動）→→「泣きそうだ」
→→「泣きそうで」（像要哭…）。完結態句型
「V2」＋「…てしまう」（補助動詞「しまう」表
完了、無可復原、後悔、意外等語氣）〈…完／…
完了／…掉／…了／…掉了〉。「消える」（自Ⅱ）
〈①消失②融化③熄滅〉＋「て」（接助）→→
「消えて」＋「しまう」（補助動詞用）→→「消
えてしまう」〈消失掉〉＋「そうな」（「そうだ」
的 V4）→→「消えてしまいそうな」〈像要消失掉
…〉（「そうな」是「そうだ」的第四變化，用以修
飾名詞「僕」）。整句譯為，像要輸（像要垮掉／看
似要挺不住）、像要哭、像要消失掉的我。依本句
歌詞推敲「負ける」的翻譯最佳實例：①「戦争に
負けた」〈戰敗〉②「相手に負けた」〈輸給對方〉
③「誘惑に負けてしまった」〈經不住誘惑〉④
「暑さに負ける」〈不耐熱、怕熱〉⑤「今の所は
彼に負けておく」〈現在我先聽他的〉⑥「彼女の
しつこいのには、負けた」〈對於她的糾纏，我真
的無法對付了〉。此歌詞的「は」（副助）表提示主
語，以接下句用。完結態句型「V2」＋「…てしま
う」例句：
A. 意志動詞「V2」＋「〜てしまう」

①　「早く、食べてしまいなさい」
〈請快點把它吃完〉（表完了）

②　「この本はもう読んでしまったから、上げます」
〈這本書我已經讀完了，所以送給你〉（表完了）

B. 無意志動詞「Ｖ2」＋「〜てしまう」

①　「なぜ、降りてしまったの」
〈爲什麼下車了呢！〉（表後悔、意外）

②　「よく、疲れていたので、眠ってしまった」
〈很累，所以就睡著了〉（表後悔）

③　「友達が手伝いに来た時には、ほとんどの荷造りは終わってしまった」
〈朋友來幫忙的時候，大部份的行李都整理完畢了〉（表完了）

④　「彼は友達に嫌われてしまった」
〈他受到朋友的嫌棄〉（表感慨）

⑤　「雨の中を歩いて、風邪をひいてしまった」
〈在雨中走路，所以感冒了〉（表無法復原）

10. 誰の言葉を信じ歩けばいいの：＝「誰の言葉を信じて・歩りばいいの」〈相信誰的話，走下去才好呢？〉。「信じる」（他Ⅱ）〈相信、深信、信賴〉＋

「て」（接助）→→「信じて」（「て」表狀況提示，歌詞省去，表文章體）。假定形「V5」＋「ば」（接助）〈一…就…／如果…的話…就…〉☞p35-13。「歩く」（自Ⅰ）〈走〉＋「歩けば」〈走的話…／步行的…話〉，「の」（終助）〈呀！啦！嗎！〉，「の」爲女性常用語：

① 表輕微斷定委婉看法：

「いいえ、違うの」〈不、不對啊！〉

② 表反問、疑問：

「何をするの」〈你要幹甚麼？〉

③ 表命令：

「黙って食べるの」

〈靜靜吃飯〉、〈吃的時候，別說話〉

④ 表示勸勉：

「心配することはいらないの」

〈不必擔心啦！〉

⑤ 輕輕引起對方注意：

例：「私これから、出かけますの。よろしければ、いらっしゃいませんか」。

〈我這就要出門喔！可以的話，不一起前往嗎？〉

11. ひとつしかないこの胸が何度もばらばらに割れて：「ひとつ、しかない」〈獨特的、唯一的、獨一無二的〉。「ばらばら」（副）①凌亂、散亂②（雨等）嘩啦嘩啦。加上「に」（格助）副詞作用修飾動詞。「割れる」〈①分散②破裂③碎④（算數除法）除以…⑤暴露、洩漏〉＋「て」（接助）→→「割れて」（「て」表接續）。「何度も」（副）多次、好幾次。整句譯爲「唯一的這顆心，好幾次散亂地破碎」。「胸」（名）☞p127-2。

12. 苦しい中で今を生きている：「苦しい」（い形）①痛苦的②困難、艱難③爲難、困窘④勉強、不自然。「で」（格助）表範圍。「生きる」（自Ⅱ）〈①活著、活②生活③有生氣④有用、有效〉＋「V2ている」→→「生きている」（現在進行式、表狀態）。「を」（格助）表經過過程或時間。整句「在痛苦中，活在當下」；「在艱難中，活在當下」。可意譯爲「我活在當下的痛苦中」。

13. 十五のあなたに伝えたい事があるのです：「あなた」＋「に」（格助）（表動作對象）＋「伝える」（他Ⅱ）〈轉達〉→→「あなたに伝える」〈轉達你〉＋「たい」（助動）〈想…〉☞p226-1→→「あなたに伝えたい」〈想轉達你〉＋「事」（名）〈事

情〉→→「あなたに伝えたい事」〈想轉達你的一件事〉＋「が」（格助）（表有無）＋「ある」（自Ⅰ）〈有〉→→「あなたに伝えたい事がある」〈有件事想轉達你〉＋「の」（格助）（表輕微原因理由）。整句「我有件事想轉達給十五歲的你喔！」，或意譯「我有話，想轉達給十五歲的你喔！」

14. 自分とは何でどこへ向かうべきか：「～とは」①表提示問題，針對主題做說明時用，譯爲「所謂…」。②「と」（格助）＋「は」（副）而成，重點在「と」表動詞的內容，而當其強調或接續否定時，則會變成「とは」。

① 「彼は偉い人とは言えない」
〈他並不能說是偉大的人、他稱不上偉人〉

② 「ここで君に会おうとは思わなかった」
〈沒想到竟會在這裡跟你相遇〉

③ 「神様とは何ですか」〈所謂神，是什麼？〉

④ 「親友とは誰のことですか」
〈你所說的好朋友是誰？〉

「自分とは何で」〈自己是什麼？〉，這裡的「何で」不是副詞的〈爲什麼〉，也非表方法手段的「何で」〈用甚麼／搭甚麼〉。而是「何」＋「です」（助動詞「だ」的連用形，此處表並列）→→

「何です」→→「何で」（助動詞「だ」的連用形，此處表並列）☞p310 表 20。「向かう」（自 I）〈①朝向②往、去③傾向、接近〉。「V3」＋「べき」（文言文助動）☞p311 表 21（表推測、可能、意志、義務說法）〈應該…〉，「どこへ向かうべきか」意思是自己〈應該往哪裡去呢？〉

「V3」＋「べき」例子：

① 「若いうちに、外国語を勉強しておくべきだった」

　　〈趁年輕，應該先把外文學起來〉

② 「若者は年寄りを尊重すべきです」

　　〈年輕人應該尊重老人家〉

③ 「もともと、こうすべきなのだ」

　　〈本來就應該這樣〉

④ 「どんなに親しい仲でも、借りたものはきちんと返すべきです」

　　〈無論多麼親近的朋友，借的東西，也應該要還〉

15. 問い続ければ見えてくる：「問う」（他 I）〈問〉→→「問います」＋「続ける」（他 II）〈持續、繼續〉→→「問い続ける」〈繼續問〉＋「ば」（接助）→→「問い続ければ」〈繼續問的話…〉☞p35-

13。「見える」（自Ⅱ）〈看得見〉→→「見えて」＋「くる」（自Ⅲ）（當補助動詞用）→→「見えてくる」這是日語的漸進態句型，表該動詞越來越近的樣態。這裡的動詞的主語是前句的「どこへ向かうべきか」→→「どこへ向かうべきかが見えてくる」〈越來越看得見應該往哪裡去〉→→「問い続ければ、どこへ向かうべきかが見えてくる」翻譯爲「繼續問的話，越來越看得見應該往哪裡去」。

16. 荒れた青春の海は厳しいけれど：「荒れる」（自Ⅱ）〈①海浪洶湧②天氣變壞③激烈④荒廢⑤失常〉＋「た」（助動）→→「荒れた」（過去式表狀態，用以修飾「青春」）。「V3」＋「けれど」（接助）〈雖然…但…〉☞p134-20，「海」（名）①海洋②連成一片（例如血海、火海）③湖。所以「青春の海」可譯爲「大片青春」。「厳しい」（い形）①嚴厲、嚴格②殘酷、厲害、強烈。這一整句譯爲〈波瀾萬丈的大片青春（青春之海），雖然殘酷，但是…〉。

17. 明日の岸辺へと夢の舟よ進め：「へ」（格助）＋「と」（格助）→→「へと」。

「へ」表動詞的動作方向，「と」表變化結果。因此，比起只有用「へ」更能表現一個動作到最後結

果的歷經過程。例如：

① 「空へと舞い上がる」〈飛舞往空中而去〉

② 「西へと進む」〈往西邊推進〉

③ 「聖火が日本へと渡った」〈聖火傳遞到日本了〉。本歌詞的「へと」是動詞「進め」的方向變化結果用法。「進む」（自Ⅰ）①前進②進步③升級、晉級④加重惡化⑤增進⑥加快⑦主動地。「進む」→→「進め」（命令形，此處表希望或鼓勵）☞p222-22、p242-9，「岸辺」（名）岸邊。「明日」（名）①明天、明日②未來。「夢の舟」〈夢之船〉＋「よ」（終助）〈啊！呀！呦！〉→→「夢の舟よ」〈夢之船啊！〉。連成整句翻譯爲「夢之船啊！你要前進到未來的岸邊」。

18. 負けないで泣かないで消えてしまいそうな時は自分の声を信じ歩けばいいの：這句歌詞與第5、6句的結構相同。「僕」換成「時」，將「誰の言葉」換成「自分の声」。「負ける」＋「ない」（助動）〈不〉→→「負けないで」（否定接續用法）〈不要輸〉。「泣く」＋「ない」→→「泣かないで」（不要哭）。此句譯爲不要輸（不要氣餒）、不要哭、像要消失掉的時候，要相信自己的聲音，走下去才可

以啦！否定接續句法☞p75-31，「消えてしまいそう
な時」見本篇解釋 9。

19. 歌詞第 14 句和第 15 句，可合而爲一欣賞。「今　負
けないで泣かないで消えてしまいそうな時は、自
分の声を信じ、歩けばいいの」，然後重新排列成
爲「消えてしまいそうな時は　今　負けないで　泣
かないで自分の声を信じ　歩けばいいの」〈似乎要
消失掉的時候，此刻，不要氣餒，不要哭，我要相
信自己的聲音，走下去就可以啦！〉。

20. 大人の僕も傷ついて眠れない夜はあるけど：「傷
つく」（自Ⅰ）〈受傷〉→→「傷ついて」〈因受傷
而…〉（動詞「て」形表原因）。「眠る」（自Ⅰ）
〈睡眠〉→→「眠れる」〈能睡覺、睡得著〉＋
「ない」（助動）→→「眠れない」〈不能入睡〉可
能動詞形☞p284-22，「V3」＋「けど」（接助）〈雖
然…、但是…〉，整句「大人的我，也有因受傷而
無法入眠的夜晚，但…」（接下一句）。歌詞第 16 第
和 17 句連結成完整句子。

21. 苦くて甘い今を生きている：「苦い」（い形）〈苦
的〉＋「て」（接助）→→「苦くて」（「て」形這
裡表並列）＋「甘い」〈甜的〉＋「今」（名）→→
「苦くて甘い今」〈苦澀又甘甜的現在〉。「今を生

きている」的格助詞「を」表涵蓋所經過的時間，「生きる」（自Ⅱ）〈活下去、活著〉→→「生きている」（表活著的狀態），故整句翻爲「活在苦澀又甘甜的現在；活在苦澀又甘甜的當下」。見本篇解釋12。

22. 人生の全てに意味があるから：存在句型是「～に～がある」→→「人生の全てに意味がある」〈人生的一切都有意義〉＋「から」（格助）〈因爲…所以…〉→→「人生の全てに意味があるから」〈因爲人生的一切都有意義〉。「全て」（名）①全部、一切②總是。「意味」（名）①意思、意味、意義②動機、意圖③價值。

23. 恐れずにあなたの夢を育てて：＝「恐れないであなたの夢を育てて」〈不要畏懼地去培育你的夢想〉。「恐れる」（自Ⅱ）〈畏懼〉＋「ず」（助動）＝「ない」（助動）〈不、沒〉☞p306 表 10。「恐れずに」＝「恐れないで」〈不畏懼地…〉（連用修飾語，以接後句）。否定接續句型→→「V1」＋「ないで」＋「後句」☞p75-31。「育てる」（他Ⅱ）〈①培育、養育、栽培②教育〉＋「て」（接助）→→「育て」。「て」形在此表說話者主觀的語氣說法或是命令句之省略。

24. Keep on believing：只要你堅信著。

25. いつの時代も悲しみを避けては通れないけれど：
「通る」（自Ⅰ）〈①通過、通行②穿過③通暢④響
亮、清朗⑤聞名⑥了解、明白⑦前後一貫、合乎邏
輯〉→→「通れる」〈行得通、可以明白〉（可能動
詞用法）＋「ない」（助動）→→「通れない」〈行
不通、不能明白〉 p284-22 。「V3」＋「けれど」
〈①表逆接，雖然…但是…②終助詞用法，表語氣
婉約柔和〉 p134-20 。「避ける」（他Ⅱ）＋「て」
（接助）（表附帶狀況）→→「避けては」這裡因
爲要接下句的否定，故加了副助詞「は」。「いつの
時代」直譯爲何時的時代，可意譯爲今昔、任何時
代。句型不定詞「いつ」＋「も」（副助）＋否定
「通れない」表示全部否定。所以，「いつの時代
も悲しみを避けては通れない」整句意思是「任何
時代（不管哪個時代），逃避悲傷也是行不通的
啊！」。

26. 笑顔を見せて今を生きていこう：「今を生きる」
（現在式）〈活過現在〉→→「今を生きている」
（表現在進行式）〈活在當下〉→→「今を生きて
いく」（動詞漸遠態）〈從當下活下去〉→→「今を
生きていこう」（動詞意想形，此處表決心）〈從當

下活下去吧！〉，此句可參考本解釋 12。「笑顔を見
せる」〈露出笑容〉＋「て」（接助）→→「笑顔を
見せて」（「て」形表附帶狀況）〈露出笑容〉，整句
翻譯爲露出笑容，從當下活下去吧！漸遠態☞p282-
21 意想形☞p173-14。

27. この手紙読んでいるあなたが幸せな事を願いま
　　す：歌詞第 27 句 28 句連成一句。「が」（格助）表
　　動詞「願います」動作主語。「この手紙読んでい
　　るあなた」〈正在看這封信的你〉，見本解釋 4。這
　　句的「あなた」爲主詞，動詞是「願います」。「幸
　　せな事」〈幸福之事、幸福〉＋「を」（格助）＋
　　「願います」（他Ⅰ）〈①請求、懇求②願望、希望
　　③申請、請願〉→→「幸せな事を願います」＝
　　「幸せを願います」，「事」（名）指相關的事、關
　　於…事。整句「正在看這封信的你期望幸福」、「正
　　在看這封信的你許願一個幸福」。

十四、都会の雀
【都市的麻雀】

作詞：吉岡治｜作曲：杉本眞人｜編曲：川村栄二
唄：島津亜矢｜1999

一、

1. 　雀　　雀　　都会の雀

麻雀、麻雀，都市的麻雀。

2. 　雀　　雀　　夜明けの雀

麻雀、麻雀，黎明的麻雀。

3. 　飾りまくった　ガラスの街に

（麻雀）拼命地點綴在玻璃窗的街頭。

4. 　サイレンばかり　駆けぬける

盡是警笛聲，奔馳而過。

5. 呼ぶ名もなくて倒れた道で

我倒在一條無法叫出一個人的名字的道路上，

6. バカな涙があふれて熱い

莫名的淚水溢出，內心澎湃洶湧。

二、

7. 雀　雀　都会の雀

麻雀、麻雀，都市的麻雀。

8. 眠れないのか　寒風で

你會因寒風而難以入眠嗎？

9. 雀　雀　俺ンち来いよ

麻雀、麻雀，快來我家喔！

10. あつたか西日の裏窓に

快來我家的溫暖的午後陽光的後院窗臺喔！

11. 夢のかたちも　あいつのことも

夢想的模式和他的事都

12. 生きてくうちに　抜け落ちた

在生活中「落漆」了。

13. そのうちケリは　必ずつける

到時候，是一定要有個了結的。

14. バカな希みがからだに悪い

一股傻勁的理想，對身體不好。

三、

15. 雀　雀　夜明けの雀

麻雀、麻雀，黎明的麻雀。

16. 飛べる蒼空　あるのなら

如果有一片能飛翔的藍天的話，

17. 雀　雀　俺ンち来いよ

麻雀、麻雀，來我家喔！

200

18. 朝日が弾ける裏窓に

來到朝陽綻放的後院窗臺上啊！

四、

19. 雀　雀　都会の雀

麻雀、麻雀，都會的麻雀

20. 眠れないのか　寒風で

你會因寒風而難以入眠嗎？

21. 雀　雀　俺ンち来いよ

麻雀、麻雀，來我家喔！

22. あったか西日の裏窓に　裏窓に

麻雀快來我家有溫暖午後陽光的後院窗臺！

語詞分析

1. 「雀」（名）①麻雀②喋喋不休③消息靈通人士。曲名可譯爲都市的麻雀、都市的消息通、城裡的多嘴婆、城裡的大嘴巴。依照歌的內容解析，微妙隱喻著，有個潦倒的人，正等待那消息靈通人士，能夠馬上來到他家後院窗臺邊，傳達某個訊息。此曲與 1992 發行，由「弘哲也」作曲，「たかたかし」作詞的「大阪すずめ」，可說意境雷同的曲子。「大阪すずめ」可參考拙作「明解日本語の歌」II。

2. 夜明け：（名）黎明、拂曉。

3. 飾りまくつた：「飾る」（他I）+「まくる」【捲くる】（他I）→→「飾りまくる」+「た」（助動）→→「飾りまくつた」〈拼命裝飾了〉，助動詞「た」形表狀態。「まくる」本是捲起、捲動之意。①捲起、挽起②揭下、卸下。但當複合動詞時其義①拼命地…、激烈地。②一直…。例 1「書きまくる」〈一直寫〉。例 2「逃げまくる」〈拼命逃跑、一直跑〉。兩個動詞合而爲一的動詞，稱爲複合動詞，文型「V2」+「V」 ☞p130-9 。歌詞第 1 句第 2 句及第 3 句合起來欣賞，意指都市麻雀或黎明

的麻雀，都是麻雀，牠們拼命地點綴在玻璃窗的街頭。

4. サイレンばかり：〈全都是警笛聲〉。「名」＋「ばかり」（副助）〈光是～／都是～／全都是～〉☞p128-⑥。「サイレン」（名）警笛聲、警笛。

5. 駆け抜ける：（自II）跑過、穿越過。

6. 呼ぶ名もなくて倒れた道で：「呼ぶ」（他I）〈①呼喊、喊叫②招待、邀請③引起、博得④稱呼、叫做〉＋「名」（名）→→「呼ぶ名」〈要叫的名字〉＋「も」（副助）〈也、連〉＋「ない」（助動）〈沒有〉→→「呼ぶ名もない」〈連要叫的名字也沒有〉＋「て」（接助）→→「呼ぶ名もなくて」（「て」形用法，此處表狀況提示）。「倒れる」（自II）①倒塌②倒閉③倒臺。「で」（格助）表「倒れる」動作地點「在」。「も」（副助）加否定時，表全部否定。「名」＋「も」（副助）＋「ない」（助動）→→「名もない」〈連名字也沒有、一個名字也沒有〉。

7. 歌詞第4、5、6句結合起來欣賞。「道に倒れて誰かの名を呼ぶってどういう状況なのですか」〈人倒在路上，會喊叫誰的名字，這時是怎樣的狀況？〉。這句是描述男女戀情，感情破裂被甩時，

出現感情糾葛到達無法忍耐的極度程度，因而落魄倒在路旁的情景。這時候路倒的人，是會叫不出特定某人的名字，意喻兩人分手已久，因爲人在最後一口氣的當下，能夠呼喊的名字，一定會是最近時常叫的名字，或最親的人的名字。當倒下有意識的瞬間，他仍聽見了第 4 句的救護車奔馳的警笛聲，隱喻他極力要想出該女友的她的名字。見本書 P224「猫になりたい」中第 4 句歌詞。

8. ばかな涙があふれて熱い：「馬鹿」（な形／名）①呆傻、愚蠢②笨蛋③小看④不中用、不好用、無感覺⑤特別、厲害⑥不合理。「馬鹿な涙」可翻爲「莫名的眼淚、糊塗的淚水」。「馬鹿な涙」譯詞上可多角度的欣賞。「あふれる」【溢れる】（自 II）〈①溢出、滿出②洋溢、充滿〉＋「て」（接助）→→「あふれて」（「て」形用法，此處表直接原因）。「熱い」（い形）①熱、燙②熱中、熱愛③起勁兒。這裡「熱い」是「胸が熱い」或「胸が熱くなる」的省略表述。「胸」此處譯爲內心、胸中、心裡 ☞p127-2 。因此「ばかな涙があふれて胸が熱くなる」翻譯爲莫名的眼淚溢出，內心澎湃洶湧。

9. 眠れないのか：「眠る」（自 I）〈睡眠〉→→「眠れる」（可能動詞形）〈能睡、可以睡、睡得著〉＋

「ない」（助動）→→「眠れない」〈睡不著、不能入睡〉+「の」（格助）〈表輕微的原因理由〉+「か」（終助）〈表疑問〉→→「眠れないのか」〈能睡得著嗎？睡得著嗎？〉=「眠れないのですか」。可能動詞☞p284-22。

10. 寒風で：「寒風」（名）寒風。「で」（格助）表原因。

11. 俺ンち来いよ：=「俺ンちに来いよ」=「俺んちに来いよ」這裡省略格助詞「に」。歌詞「俺ン」用片假名「ン」代替平假名「ん」，在語言表記上、表示一種醒目、強調和輕快感的用法☞p43-2、p168-3。「俺んち」=「俺の家」〈我的家〉。「俺のうち」變成「俺のち」，是因爲「の」這助詞羅馬拼音「NO」中母音「O」和「うち」的「U」連結後濃縮音節，留下「ん」「N」的方言說法，這種濃縮音是，一種表現親密口吻或幼兒間對話的話語。
例：
① 「私の家」=「私んち」。
② 「君の家」=「君んち」。
③ 「アイツの家」=「アイツんち」。
④ 「お前の家」=「お前んち」。
⑤ 「お姉さんの家」=「おねえんち」。

⑥　「兄貴の家」＝「アニキんち」。

「来る」（自Ⅲ）〈來〉→→「来い」〈來、過來、快
過來〉＋「よ」（終助）（表強烈提醒）→→「来い
よ」〈來喔！、過來啊！、快過來啊！〉（「来る」的
命令形，這裡表希望，催促 ☞p242-9、p297 表3。

12. あったか西日の裏窓に：此歌詞上的「あったか」
　　（な形）＝「暖か」＝「温か」＝「暖かい」（い
　　形）溫暖的。「あったかな西日」歌詞省去形容動
　　詞語尾「な」。格助詞「に」這裡表動詞「来る」
　　的目的點，所以「あったか西日の裏窓」〈溫暖的
　　午後陽光的後門窗臺〉，「西日」（名）午後陽光。
　　（臺語稱爲「西照日」「sai-tsiò-jit」）。「裏窓」（名）
　　後院窗臺、後門窗臺。歌詞第9和第10句要合併欣
　　賞。變成「雀　雀、俺ンち、あったか西日の裏窓
　　に、来いよ」〈麻雀、麻雀，快過來我家的溫暖的
　　午後陽光的後門窗臺啊！〉。

13. 夢のかたちもあいつのことも：「夢のかたち」＝
　　「夢の形」。「形」（名）①形、形狀②（事物的結
　　局的）狀態、形式、樣子、題材、樣式③態度④姿
　　態、容貌、臉形。「夢の形」一詞，非常有名。似
　　乎創始於19世紀初，德國交響樂作曲家指揮家「小
　　約翰施特勞斯」（Johann Strauss II.（Sohn）,1825-

1899），專門以「夢」爲題材，創作出膾炙人口的交響樂詩。日本也有以「夢の形」一詞而拍攝的連續劇和漫畫作品。文句中兩個副助詞「も」時，翻爲〈和…／都…／均〉。歌詞第 11 句和 12 句要連成一句，所以這半句翻爲「夢想的模式和他的事都…」。

14. 生きてくうちに、抜け落ちた：「生きていく」＝「生きてく」〈活下去〉，補助動詞的「いく」的語幹的「い」省略。句型「V4＋うちに」〈趁…後／在…時候／在…當中〉。

例①：「風邪を引かないうちに風呂に入ってきて下さい」〈趁還沒感冒時候，請去泡個澡〉。

例②：「暖かいうちに、召し上がってください」〈請趁熱吃〉。

例③：「両親が元気なうちに、日本へ連れて行ってあげます」〈趁父母健康時，帶他們去日本〉。

「生きる」（自 II ）①活、生存②生活③有生氣④有效用、有意義。「生きてくうちに」〈在活下去的當中、在生活中、在過日子裡〉。「抜け落ちた」的原形是「抜け落ちる」（自 II ）①缺號②順序有中斷處③脫落。以目前的臺灣流行語來翻譯的話，意思是「落漆」，中文也可翻「遺落、失落」。「抜け

落ちる」+「た」（過去式助動）→→「抜け落ち
た」〈遺落了〉。

15. そのうち：（副）不久、近幾天、近期、到時候。

16. ケリは必ずつける：「けりをつける」（片）意思是
做個了結、有個結果。這裡將格助詞「を」改成副
助詞「は」，是屬強調用法。

17. バカな希みがからだに悪い：「に」（格助）表作用
或狀態的對象。「からだに悪い」〈對身體不好〉。
「バカ」請看本篇解釋 8。故，整句爲「傻傻的夢
想對身體不好」。

18. 飛べる蒼空あるのなら：譯爲「如果有一個可以飛
翔的藍天的話」。「飛ぶ」（自Ⅰ）〈飛翔、飛〉→→
「飛べる」〈能飛、可以飛翔〉 ☞p284-22 。（「飛
ぶ」的可能動詞）「飛べる」+「蒼空」（名）〈藍
天、萬里無雲的天空〉→→「飛べる蒼空」〈可以
飛翔的藍天〉+「が」（格助）+「ある」（自Ⅰ）
→→「飛べる蒼空がある」〈有個可以飛翔的藍
天〉，句中省略了「が」。「名／な形」的「V3」+
「なら」爲日語假定形的用法，中譯爲如果…的
話。「飛べる蒼空あるのだ」→→「飛べる蒼空あ
るのなら」＝「飛べる蒼空あるなら」，助動詞
「だ」的假定形是「なら」之故 ☞p310 表 20 。「～

なら」前面加上「の」→→「～のなら」有原因、
理由之説明用法，存在強調語氣☞p131-12。

19. 朝日が弾ける裏窓に：歌詞第 17 和 18 句合成一句
　　欣賞，翻爲「來到朝陽綻放的後院窗臺上」。「弾け
　　る」（自Ⅱ）①彈開、裂開、蹦開②氣勢高揚、展
　　現鋒芒③喧鬧。「朝日が弾ける」〈朝陽綻放〉修飾
　　名詞「裏窓」。這裡的「に」（格助）表「来い」動
　　作目地點。

十五、二輪草<ruby>にりんそう</ruby>
【鵝掌草】

作詞：水木かおる｜作曲：弘哲也

唄：川中美幸｜1997

一、

1.　あなた、お<ruby>前<rt>まえ</rt></ruby>

親愛的你，

2.　<ruby>呼<rt>よ</rt></ruby>んで<ruby>呼<rt>よ</rt></ruby>ばれて、<ruby>寄<rt>よ</rt></ruby>り<ruby>添<rt>そ</rt></ruby>って

有時我約你，有時你約我，

3.　<ruby>優<rt>やさ</rt></ruby>しく、<ruby>私<rt>わたし</rt></ruby>を<ruby>労<rt>いた</rt></ruby>わって

我們依偎在一起，你溫柔的安慰我。

4.　<ruby>好<rt>す</rt></ruby>きで<ruby>一緒<rt>いっしょ</rt></ruby>になった<ruby>仲<rt>なか</rt></ruby>

我們是相愛而在一起的伴侶。

5. 喧嘩<ruby>けんか</ruby>したって

　即使吵嘴，

6. 背中合わせの温もりが

　兩人的溫暖也會由背靠背傳遞，

7. かよう二人は、二人は二輪草

　兩人如鵝掌草一樣。

二、

8. ほうら、ご覧

　親愛的、你瞧！

9. 少し遅れて咲く花を　愛しく思ってくれますか

　你覺得開得稍晚的花可愛嗎？

10. 咲いて清らな白い花

　一朵開得清香的白花，

11. 生きてゆくのに

爲了活下去，

12. 下手な二人が、ささやかな

笨笨的我們倆，反覆編織著小小的夢想，

13. 夢を重ねる二人は二輪草

兩個人如鵝掌草一樣。

三、

14. お前、あなた

親愛的你，

15. 春がそこまで、来たようだ

到那時，春天似乎已經來了。

16. よかった 一緒について来て、

太棒了，請你一起跟我來。

212

17. 雨よ降れ降れ、風も吹け
<ruby>雨<rt>あめ</rt></ruby>よ<ruby>降<rt>ふ</rt></ruby>れ<ruby>降<rt>ふ</rt></ruby>れ、<ruby>風<rt>かぜ</rt></ruby>も<ruby>吹<rt>ふ</rt></ruby>け

雨啊！下啊！下啊！風也吹啊！

18. つらいときにも
縱使也在苦痛的時候，

19. 生きる力をくれる人
<ruby>生<rt>い</rt></ruby>きる<ruby>力<rt>ちから</rt></ruby>をくれる<ruby>人<rt>ひと</rt></ruby>

你是一個給我力量的人。

20. どこに咲いても、二人は二輪草
<ruby>咲<rt>さ</rt></ruby>いても、<ruby>二人<rt>ふたり</rt></ruby>は<ruby>二輪草<rt>にりんそう</rt></ruby>

不管花開何處，我倆也是鵝掌草。

語詞分析

1. 二輪草：（名）鵝掌草。學名是「Anemoneflaccida」，它開花型態特色是，在一支花柄上，會同時開兩朵花，但也有開一朵的和開三朵的。文章修辭法中，有所謂的「花開兩朵，各表一枝」，表述一個文章，一個主題，但發展兩個故事或兩段情節。而這首歌藉由花，隱喻兩人愛情的情

213

節。「鵝掌草」的花的意象是，隱喻由相愛的兩人，同心出發，但在盛開時離別，花開不同枝，花落卻同悲。不過，依本曲內容分析，乃在描述燦爛的希望的正面，大於情苦和滄桑的負面。

2. 　あなた　お前：（名）①你、妳②親愛的。「あなた」本是禮貌的稱呼人的第二人稱，目前多使用於情侶和夫妻間。「お前」爲熟識人之間的你的稱呼用語，不熟識的人不可用。這兩個「你」，均可譯爲「你」時，比較奇怪，因此，開頭先翻成「親愛的」，後者再翻成「妳」較佳。

3. 　呼んで呼ばれて：歌詞意思是「誰かを呼んだり、誰かに呼ばれたりしている」〈有時我找某人，有時被某人找〉。歌詞表情人間之對話情境，所以翻爲「我叫妳，我被你叫」或「我找你，你找我」。此處的「て」（接助）表動作並列對比。「呼ぶ」（他Ⅰ）〈叫、呼喚〉＋「て」（接助）→→「呼んで」。動詞「て」形☞p293 表 1。「呼ぶ」＋「れる」（助動）→→「呼ばれる」（被叫）＋「て」（接助）→→「呼ばれて」。被動式文型「V1」＋「れる（加第一類動詞）／られる（加第二類動詞）」。例句：

① 　私は先生に叱られました。〈我被老師罵〉

214

② 私は泥棒にお金を取られました。

　〈我的錢被小偷偷了〉

③ 私は弟に ケーキを 食べられた。

　〈我的蛋糕被弟弟吃了〉

④ 製品はどのくらい輸入されていますか。

　〈進口多少產品？〉

4. 寄り添う：（自Ⅰ）依偎、緊鄰一起。「寄り添う」

（自Ⅰ）＋「て」（接助）→→「寄り添って」。

「て」表動詞接續，連用修飾用法，用以下接「私

を労わって」。

5. 優しく私を労わって：此句譯爲溫柔地安慰我。

「優しい」（い形）〈溫柔的、和藹的〉→→「優し

く」形容詞語尾「い」變成「く」時，爲連用形

☞p301 表 5，此處作爲副詞用法，修飾動詞「労わ

る」（他Ⅰ）＋「て」（接助）→→「労わって」

〈①憐恤②慰勞、安慰〉。「労わって」的「て」

（終助）表主觀意志判斷。

6. 歌詞第 2 第 3 句是相連的句子。

7. 好きで一緒になった仲：「好きだ」（形動）〈愛、

喜歡〉→→「好きで」。「で」爲形容動詞第二變

化，連用形用法☞p302 表 6。「好きで」〈相愛、喜

歡而……〉。「一緒になる」〈在一起〉＋「た」（助

動）→→「一緒になった」〈在一起了〉（過去式表狀態）＋「仲」（名）〈朋友、夥伴〉→→「一緒になった仲」〈在一起的好友〉，接上句「好きで」連用後，翻譯爲「相愛而在一起的夥伴」。

8. 喧嘩したって：「喧嘩」（名、他Ⅲ）〈吵架、口角〉→→「喧嘩する」＋「たって」（接助）→→「喧嘩したって〜」〈即使吵架〉＝「喧嘩しても〜」。「V2」＋「たって」（接助）＝「V2」＋「ても」，第一類動詞「が」「ま」「ば」音便時，需變成「だって」，名詞加上「たって」時，也需變成「だって」。例：

① 「怒られたって、私はやめないよ」
〈即使被發脾氣，我也不停止喔！〉

② 「猫は暗くなったって、ものが良く見える」
〈貓即使天變暗，也能清楚看到東西〉

③ 「そんなこと言ったって、しょうがないじゃないか」
〈即便說那種事，不也是沒辦法的嗎？〉

④ 「いくら呼んだって、返事がない」
〈不管怎樣叫，都沒回音〉

⑤ 「日本人だって、分からない日本語もあるみたい」

〈即使是日本人，好像也會有不懂的日語〉

⑥　「どこだって、いじめ事件がある」

〈到處也會有霸凌事件〉

9.　背中合わせの温もりがかよう：「かよう」【通う】（自Ⅰ）①通行、來往②（電流或血液）流通、交流③相似。例：①「心が通う」〈心靈相通〉②「温もりの心が通う」〈溫暖的心相通〉。「が」（格助）因爲【通う】是自動詞，故助詞用「が」。「背中合わせ」名詞，指背靠背、兩人的背相連。「背中を合わせる」→→「背中合わせ」（歌詞省去格助詞「を」）和「合わせる」的名詞形，所以變成名詞用法。「温もり」（名）溫暖。整句即「背靠背的溫暖互通（互相傳遞）」。「顔を見合わせて眠る」〈面對面相視而眠〉的「向かい合わせ型」〈面對面型〉的夫妻或情侶而言，指的是新婚的濃密的愛情的情境描述，而「背中合わせ型」的背對背而睡的睡姿，意指留給個人空間的尊重的愛，背與背是身體部分相繫著，即表示保持著彼此雙方幸福度。歌詞第 5 句意境是吵架，所以背對背而睡。背與背相繫著，亦象徵著鵝掌草的花狀模樣。

10.　はうら：＝｜ほら」（感）妳看！妳瞧！用在邀請他人注視某地方時。常常後面接「ご覧」（名）

看、瞧。「ご覧」這句是敬語，不用於自己身上。其用法爲「ご覧」〈您看〉＝「ご覧なさい」〈您請看〉＝「ご覧ください」〈請您看〉＝「ご覧になってください」〈請您過目、請您觀賞〉。由前到後，最後最禮貌。

11. 遅れて咲く花を：「遅れる」（自Ⅱ）〈遲、晚、慢〉＋「て」（接助）→→「遅れて」這裡的「て」形表附帶作用，以修飾後面動詞「咲く」，譯爲〈慢開的…〉。「咲く」（自Ⅰ）〈開〉動詞修飾名詞「花」，於是整句爲「慢開的花」。格助詞「を」爲了要成爲後句他動詞「思う」的受詞而使用的。

12. 愛しく：「愛しい」（い形）〈①可愛②可憐〉→→「愛しく」語尾變成「く」爲形容詞第二變化 ☞p301 表5 ，「愛しく」用以修飾下句的動詞「思う」。「い形 V2」爲「く」＋「思う」和「な形 V2」變「に」＋「思う」的句型：

① 「私はこう思う」〈我是這麼想的〉
② 「恥ずかしく思う」〈覺得羞恥〉
③ 「本当に幸せに思う」〈覺得非常幸福〉
④ 「お会いできて嬉しく思います」
　　〈能見到您，感到很高興〉

13. 思ってくれますか：「V2」＋「～てくれる」＝
    「V2」＋「～てくれます」日語授受動詞之一
    ☞p174-15。「思う」（他Ⅰ）〈①想、思念②以爲、
    認爲③覺得、感覺④想要、打算⑤預料〉＋「V2て
    くれます」＋「か」（終助）→→「思ってくれま
    すか」〈妳替我想嗎？妳幫我想嗎？〉這句受詞是
    上句的「すこし、遅れて咲く花を」，所以連接起
    來後爲「すこし遅れて咲く花を愛しく思ってくれ
    ますか」〈你覺得開得稍晚的花可愛嗎？〉。

14. 歌詞第 9 句直譯爲「你給我覺得（幫我想）這朵稍
    微晚開的花可愛嗎？」，這時去掉授受動詞「くれ
    ます」的省略翻法比較通順，意譯爲「你覺得這朵
    稍微晚開的花可愛嗎？」「你覺得這朵稍微晚開的
    花可憐嗎？」

15. 咲いて清らな白い花：這句翻譯成「一朵開得清香
    的、潔白的花」。「V2」＋「て」（接助）→→「咲
    く」（自Ⅰ）〈開、花開〉＋「て」（此處表直接原
    因）→→「咲いて」。「清らな白い花」這種兩個形
    容詞兩相連續修飾，屬於文雅文章用法，一般現代
    文口語上爲「清らで白い花」〈清香又潔白的花〉。
    「清らだ」的第四變化連體形「清らな」，然後再
    修飾「白い花」。文言文「清らだ」＝「清らか

だ」（形動）後者是現代文。

16. 歌詞從第 10 到第 13 句，必須連結欣賞，變成「咲いて清らな白い花が生きてゆくのに，下手な二人がささやかな夢を重ねる二人は二輪草」。

17. 生きてゆくのに：此處的「のに」是「の」（格助）＋「に」「格助」而成的，不是逆接接續助詞的「のに」☞p71-21。「の」是形式名詞用法，「に」表動作的目的。「生きてゆく」（自Ⅰ）〈活下去〉＋「のに」→→「生きてゆくのに」〈爲了要活下去…〉。接上句第 11 句變成，「咲いて清らな白い花が生きてゆくのに」（歌詞中省略了表主語助詞「が」）〈一朵開得清香又潔白的花，爲了要活下去…〉。

18. 下手な二人がささやかな夢を重ねる：「下手な」（な形）〈笨、不高明、傻〉＋「二人」（名）〈兩人〉→→「下手な二人」〈傻傻的兩個人〉，「二人が」的「が」（格助）表動詞「重ねる」動作主語。「ささやかな」【細やか】（な形）〈細小的、小小的〉＋「夢」（名）〈理想、夢想、希望〉→→「ささやかな夢」〈小小的夢想〉。「重ねる」（他Ⅱ）①重疊②反覆堆疊、堆積。故，「夢を重ねる」可翻爲編織夢想。「生きてゆくのに、下手な

220

二人がささやかな夢を重ねる」翻譯爲「爲了活下去，傻傻的兩個人不斷編織小小夢想」。

19. 二人は二輪草：＝「二人は二輪草です」〈兩人是棵鵝掌草〉，可意譯爲「兩人如鵝掌草」。若第13和14句連起來，「下手な二人がささやかな夢を重ねる二人は二輪草です」，則翻譯成「傻傻的兩個人不斷編織小夢想，兩人是棵鵝掌草」。

20. 春がそこまで来たようだ：「そこ」（名）〈那裡〉＋「まで」（副助）〈到〉→→「そこまで」〈到那時候〉。「そこ」這裡用法爲①表話題中前面所提的那一點、那個地方。例「そこまでは考えなかった」〈我沒想到那一點〉。②指不確定的的地點。例「そこまで、一緒に行こう」〈我跟你一起走吧！走到那裡吧！〉③表話題中所談的時間。翻譯爲這時候。例「一時間も待ったかね。そこへ彼がやって来た。」〈等了一小時了，這時候，他來了〉。「V4」＋「ようだ」（助動）〈好像…看起來…〉☞p88-18。「来る」（自Ⅲ）〈來〉＋「た」（助動）→→「来た」〈來了〉＋「ようだ」→→「来たようだ」〈好像來了〉。

21. 一緒について来て：「つく」（自Ⅰ）〈①附著、粘附②跟隨、隨從③向著④連接⑤抵達⑥生、長〉，此處爲跟隨、伴同、侍候之意。「つく」＋「て」（接助）→→「ついて」＋「来る」（自Ⅲ）→→「ついて来る」〈跟來、跟過來〉→→「ついて来て」＝「ついて来てください」（動詞「て」形，省略了ください），這句翻爲請一起跟我來。動詞的「て」形，也有終助詞用法，這裡表女性輕輕徵求同意的語氣，這也可翻爲「一起跟我來」。

22. 雨よ降れ降れ：「降る」（自Ⅰ）〈會下、下〉→→「降れ」〈下〉。後者爲動詞的命令形，這裡表希望、祈願的用法。命令形第一類動詞以其語尾「え」段音變化而成。例①「行く」→→「行け」②「飲む」→→「飲め」③「頑張る」→→「頑張れ」。日文命令形其意義有四：①斥責、命令②緊急③鼓勵、祈願④放任。此處「降れ」用法表祈願之意 ☞p242-9 。「よ」（終助）啊！整句譯爲「雨啊！下啊！下啊！」。

23. 風も吹け：「吹け」文法同上面 23 解釋。此譯爲「風也吹啊！」

24. つらい時にも：〈也在痛苦的時候…〉「つらい」（い形）①苦的、痛苦的、難過的②苛薄的、艱苦

的。「に」（格助）表時間定點。「も」（副助）也。

25.　生きる力をくれる人：「生きる」（自Ⅰ）〈活下
去〉＋「力」（名）〈力量〉→→「生きる力」〈活
下去的力量〉，「くれる」（他Ⅱ）給、給予。整句
譯爲「給我活下去力量的人」。「を」（格助）承接
他動詞受詞。

26.　どこに咲いても、二人は二輪草：「V2」＋「ても」
（接助）〈即使…也…／縱使…也…〉→→「咲
く」（自Ⅰ）〈開〉＋「ても」→→「咲いても」〈即
使開花也…〉☞p67-12。「に」（格助）表動詞「咲
く」著落點。「どこに咲いても」〈即使開在哪裡也
…〉。整句「即使開在哪裡，我倆人也是鵝掌草」。

十六、猫になりたい
【我想當一隻貓】

作曲：草野正宗 ｜ 作詞：草野正宗

唄：スピッツ ｜ 1999

一、

1. 灯りを消したまま、話を続けたら

   如果關著燈，持續聊天的話，

2. ガラスの向こう側で、星がひとつ消えた

   在玻璃窗的對面，有顆星消失了。

3. からまわりしながら、通りを駆け抜けて

   邊空喊著，邊跑過馬路，

4. 砕けるその時は、君の名前だけ呼ぶよ

   挫敗的那時候，只喊你的名字呦！

5. 広すぎる霊園のそばのこのアパートは薄ぐもり

過於寬敞的墓園旁的這棟公寓，微陰微晴後，

6. 暖かい幻を見てた。

我望著溫暖的虛幻。

二、

7. ※猫になりたい、　君の腕の中

想變成你手臂中的一隻貓，

8. ※寂しい夜が終わるまで、ここにいたいよ

直到寂寞黑夜結束爲止，想待在這裡呦！

9. ※猫になりたい、　言葉ははかない

想變成一隻貓，這話是虛幻的。

10. ※消えないように、キズつけてあげるよ

希望你不消失，所以給你弄個傷痕呦！

三、

11. 目を閉じて浮かべた密やかな逃げ場所は

閉上眼睛浮現的秘密避難所，

12. シチリアの浜辺の絵ハガキとよく似てた

跟一張西西里島的海邊的風景明信片很相似。

13. 砂ぼこりにまみれて歩く街は季節を嫌ってる

我沾滿海沙走過的街道，區分出不同季節。

14. つくられた安らぎを捨てて。

我要拋棄那虛假的安逸。

※繰り返し（反覆）

語詞分析

1.　猫になりたい：想變成一隻貓、想當貓。「名詞或
な形」＋「に」（格助）＋「なる」（自Ⅰ）〈變

226

成、當〉→→「～になります」〈變成…／當…〉
→→「V2」＋「たい」（助動）〈想…〉→→「～に
なりたい」〈想變…／想變成…〉→→「猫になり
たい」〈想變成貓〉。文型「V2」（去掉ます）＋
「たい」（助動）〈想…〉例句：

①　「水が飲みたいです」〈想喝水〉

②　「何も食べたくないです」〈甚麼都不想吃〉

③　「行きたいけど、暇がないです」〈想去，但
　　沒空〉

④　「休みたければ、休みなさい」〈想休息的
　　話，就請休息吧！〉

⑤　「夏になると、みな海水浴に行きたがりま
　　す」〈一到夏天，大家都想去海水浴場〉

⑥　「田中さんも、東京へ行きたがっています」
　　〈田中先生也想去東京〉

（「V2」＋「たがる」（助動）〈想…〉用於第三人
稱）

2.　灯りを消したまま：「灯り」（名）①光、亮光②
灯、燈光③希望、光明。「消す」（他Ⅰ）〈①關②
消失、抹去③熄滅④消除、解散、驅散〉＋「た」
（助動）→→「消した」（過去式表狀態）＋「ま
ま」（名）①保持原封不動②隨心所欲地③如實

地。故，此句翻爲「一直關著燈」。「V4」＋「ま
ま」例句：

① 「スリッパのまま、入ってください」
　　〈請穿著拖鞋進來〉

② 「出掛けたまま、帰ってこない」
　　〈出去後，一直沒回來〉

③ 「足の向くままに歩く」〈信步而行〉

3. 話を続けたら：「V2」＋「たら」（副助）〈…之後
　／…的話〉☞p236-26。「続ける」（他Ⅱ）〈①繼續
　②持續③連接〉＋「たら」→→「続けたら」〈繼
　續之後／繼續的話〉。「話」（名）①說話、講話、
　談話、聊天②話題③商量④消息、聽說、傳聞⑤故
　事⑥事情、道理。故這裡意思爲如果持續聊天的
　話…／持續對話的時候。

4. 硝子の向う側で：翻譯爲在玻璃窗的另一頭、在透
　明玻璃的對面。「硝子」（名）玻璃、玻璃窗。「向
　う側」（名）①對面②對方、客方。「で」（格助）
　表下接動詞「消えた」的動作地點。

5. 星が一つ消えた：「消える」（自Ⅱ）〈①熄滅②融
　化③消失④消除⑤磨滅⑥花費、花掉⑦落空、破
　滅〉＋「た」（助動）」→→「消えた」〈消失了〉。
　此句可翻爲有顆星星消失了。

6. 硝子の向う側で星が一つ消えた：此處言下之意，即如果我倆話題不斷，窗外天空的星斗會一個個消失，表示兩人即將聊到黎明天亮。另類欣賞角度，本是兩個親密愛人或夫妻，商量一整夜，而當一顆星消失，想像表示其中一人即將離開，雙方關係生變的前兆。

7. からまわりしながら、通りを駆け抜けて：「からまわり」＝【空回り】（名）①空轉②空談、空喊③空忙。「からまわりする」＋「ながら」（接助）→→「からまわりしながら」〈一邊空忙，一邊…〉。「V2」＋「ながら」（接助）〈一邊…一邊…〉☞p118-8。「駆け抜ける」（自II）①從…跑過去②跑過、追過。故，此句翻爲「一邊空喊，一邊跑過馬路」。「駆け抜ける」＋「て」（接助）→→「駆け抜けて」的接續助詞「て」形表接續作用，以接續「砕ける」。「を」（格助）表動詞經過場所。「通り」（名）①大街、馬路②流通、通暢③響亮④聲譽⑤眾所周知⑥了解、理解⑦通用、通順。

8. 砕けるその時は君の名前だけ呼ぶよ：〈挫敗的當時，只喊你的名字呦！〉。「その時」（名）那時候、那當時。
   「砕ける」（自II）①破碎、粉碎②挫折、衰敗③

融洽、謙虛④易懂、易了解。「砕ける」用例：

① 「意志が砕ける」〈喪志〉

② 「気持ちがくだける」〈洩氣、沒幹勁〉

③ 「心が砕ける」〈心碎〉

「涙に砕ける」〈哭垮〉。「に」（格助）表動作狀態的起因。「君の名前を呼ぶよ」〈呼喊你的名字呦！〉→→「君の名前だけ呼ぶよ」〈只呼喊你的名字呦！〉的「だけ」（副助）〈只有、僅有〉取代了格助詞「を」。「よ」（終助）☞p187-10 。

9. 歌詞第 1 句第 2 句要合為一句欣賞。第 3 句和第 4 句也是一句。第 5 句和第 6 句是完整一句。

10. 広すぎる霊園：「広い」（い形）〈寬廣的、寬的〉＋「過ぎる」（自 II）〈太…／太過於…〉→→「広すぎる」〈太過於寬、太寬廣〉。文型「V2」＋「過ぎる」句型，當動詞時，「ます」形去掉「ます」加「過ぎる」，「い」形「な」形容詞以其語幹加即可，舉例如下：

① 「甘い」〈甜的〉→→「甘すぎる」〈太甜〉

② 「速い」〈快的〉→→「速すぎる」〈太快〉

③ 「長い」〈長的〉→→「長すぎる」〈太長〉

④ 「静かだ」〈安靜的〉→→「静か過ぎる」〈太安靜〉

⑤ 「賑やかだ」〈熱鬧的〉→→「賑やか過ぎる」〈太熱鬧〉

⑥ 「食べる」〈吃〉→→「食べ過ぎる」〈吃過頭、吃太多〉

⑦ 「飲む」〈喝〉→→「飲み過ぎる」〈喝過頭、喝太多〉

11. うす曇り：【薄曇り】①若當名詞時，是微陰、半陽光天之意。②若爲動詞時，「薄曇る」〈微微陰天要放晴狀態〉→→「薄曇り」（文章體時，等於口語「て」形）＝「薄曇って」〈「て」形表接續〉。本處以動詞視之，更具涵義。若「薄曇り」當名詞時，應爲「薄曇りで」的文法並列接續。

12. 歌詞第 5 句，借寬廣的墓園爲背景，隱喻自我空寂、孤獨、不安的情境。因爲墓園是會令人毛骨悚然、有害怕感覺的地方。

13. 暖かい幻を見てた：＝「暖かい幻を見ていた」（補助動詞「いる」（自 Ⅱ）的過去式「いた」的語幹省略）。「幻」（名）幻影、幻想、虛幻。「暖かい」（い形）①溫暖、暖和②熱情、溫暖③充裕、富裕。「見る」（他 Ⅱ）〈看、觀看、望〉＋「V2 ている」（現在進行式）→→「見ている」＋「た」（助動）→→「見ていた」→→「見てた」（過去

的持續狀態）〈看著〉。這歌詞彷彿訴說著兩人的感情，在隱約中露出曙光。和歌詞第 4 句第 5 句，所描述的接近崩潰的灰暗的失落感的兩人關係相比較，成爲正反相互對照。「暖かい幻を見てた」〈看著溫暖的虛幻〉。

14. 猫になりたい、君の腕の中：欣賞角度有①「猫になって君の腕の中で眠っていたい」〈想變成貓，在你的手臂中睡著〉②「君の猫になりたい」〈想變成你的貓〉③「君の腕の中の猫になりたい」〈想變成你手臂中的一隻貓〉之意。

15. 寂しい夜が終わるまで、ここにいたいよ：「まで」（副助）①到②直到③連、甚至於④用不著、沒必要（接否定）。「寂しい夜が終わるまで」〈直到寂寞黑夜結束爲止〉。「ここにいる」〈在這裡、待這裡〉→→「ここにいます」〈在這裡、待這裡〉＋「たい」（助動）〈想…〉→→「ここにいたいよ」〈想待在這裡呦！〉。「たい」希望助動詞請看本篇解釋 1。「終わる」是自動詞所以用「が」（格助）。「寂しい」（い形）〈寂寞的〉＋「夜」（名）〈夜〉→→「寂しい夜」〈寂寞的夜晚〉。

16. 言葉ははかない：〈話語是虛幻的〉。「はかない」【儚い】（い形）①虛幻的、虛無的、渺茫的②短

232

暫的。「言葉」（名）①話、語言②說法、措辭③臺詞、致詞④單字。

17. 消えないように、キズつけてあげるよ：「V4」＋「ように」①如…一般②為了…以利…③希望④行為變化的內容。⑤以免… ☞p88-18、p313 表 23 。「消える」（自Ⅱ）（見本篇解釋 5）＋「ない」（助動）→→「消えない」〈不消失〉→→「消えないように」〈為了不消失／希望你不消失〉，也可譯為〈為了不讓你消失〉。「キズつける」＝【傷つける】（他Ⅱ）〈弄傷、傷害〉＋「～てあげる」（授受動詞形）〈幫你…／給你…〉→→「キズつけてあげる」〈給你弄個傷痕〉＋「よ」（終助）〈呦！〉→→「キズつけてあげるよ」〈給（替）你弄個傷痕呦！〉。「～てあげる」（授受動詞形） ☞p174-15 。

　　註解欣賞時，作詞認為兩人相愛，可言語表達，但貓隻無法言語，因此，貓給你弄傷，留下痕跡，以使你不致消失。貓爪容易抓人，借物喻人，亦表示人與人之間的心靈創傷。

18. 目を閉じて：「目を閉じる」〈閉眼／閉上眼睛〉＋「て」（接助）→→「目を閉じて」（動詞「て形」表接續，接下面動詞「浮かべる」），〈閉眼後…／

閉上眼睛…〉。

19. 浮かべた密やかな逃げ場所：〈浮現的秘密的避難所〉。「浮かべる」（自Ⅱ）〈①浮②出現③想起〉＋「た」（助動）→→「浮かべた」（動詞「た」形表狀態）＋「密やかな逃げ場所」〈秘密的避難所〉→→「浮かべた密やかな逃げ場所」。「逃げ場所」（名）逃避處所、避難所。「密やか」（な形）①秘密的②靜靜的、悄悄的③偷偷的。

20. 目を閉じて浮かべた密やかな逃げ場所は：閉眼後，浮現的秘密的避難所是…。到此以「は」之前當主語，銜接下句述語。第 11 句 12 句連接成爲完整句子。

21. シチリアの浜辺の絵はがきとよく似てた：「シチリア」→→「シチリア島」（名）（Sicilia とう）義大利的西西里島。「絵はがき」（名）＝【絵葉書】〈風景明信片〉。日語無定冠詞表現，此處可翻譯爲一張風景明信片。「～とよく似てた」句中的「と」（格助）〈和、跟〉。「よく」（副）很、非常。「似る」（自Ⅱ）〈像、相似、似〉＋「V2 ている」（現在進行式）→→「似ている」（表作用狀態）＋「た」（助動）→→「似ていた」（表過去狀態）→→「似てた」（「いた」語幹「い」省略），

234

整句跟一張西西里島海邊的風景明信片很相似。

22. 砂ぼこり：「砂」（名）＋「ほこり」【埃】（名）
→→「砂ぼこり」（名）【砂埃】砂粒、沙灰、砂
子，指海灘的沙子。

23. 砂ぼこりにまみれて歩く街：「～に塗れて」〈滿是
…／全沾滿…〉要接動詞「歩く」，故用「て」形
連用，表附帶作用。「に」（格助）表動作歸著點。
「砂ぼこりに塗れて歩く」〈雙腳沾滿海沙走路〉
＋「街」（名）→→「砂ぼこりに塗れて歩く街」
〈沾滿海沙走過的街道、沾滿海沙走過的一條街
道〉。

24. 季節を嫌ってる：「嫌う」（他Ｉ）〈①厭惡②忌諱
③憎恨④區別〉＋「て」（接助）→→「嫌ってい
る」→→「嫌ってる」（省去「い」），整句可翻譯
爲「厭惡季節」、「區分出不同季節」。意指夏季
時，來海邊的人多，海邊街道上滿地海沙。但秋冬
時節，人煙稀少的街景，顯得肅靜清潔多了。

25. つくられた安らぎを捨てて：「つくる」【造る、作
る、創る】（他Ｉ）①作、做②加工、製造③打
扮、化妝④培育⑤假裝、虛構⑥制定。此處表假
造、假裝之意。「つくる」＋「れる」（被動式助
動）→→「つくられる」〈被假裝〉＋「た」（助

動）→→「つくられた」（過去式表狀態）〈被假裝〉＋「安らぎ」（名）→→「つくられた安らぎ」〈被假裝的安逸〉。「～れる」「～られる」文法句型分爲①被動②可能③尊敬④自發。此處爲被動表現，本來主動句「人が安らぎをつくる」〈人假裝安逸〉→→被動句「安らぎが人につくられる」〈安逸被人假裝〉，又例如「笑顔がつくられる瞬間」〈假裝微笑的瞬間〉，這是無意志的主語必須以被動式表現。「安らぎ」（名）安樂、平靜、安逸、無憂無慮。「捨てる」（他Ⅱ）①抛棄、扔掉②不理③遺棄。「捨てて」動詞「て」形，下面的分析用法①表主觀的意志，等於「捨てる」②「捨ててください」〈請抛棄〉的省略③事實的說明④感嘆。表主觀的意志時，翻爲①我要抛棄虛假的安逸或「～てください」的省略時，②請抛棄假裝的平靜。被動式☞p241-3。

26. 「V2」＋「たら」（係助）〈…之後／…的話〉。例句：①「雨が降ったら、試合は中止です」〈如果下雨，比賽停止〉。②「大阪に着いたら、連絡してください」〈抵達大阪後，請聯絡我〉。③「もしものことがあったら、どうするか」〈假如發生甚麼事的話，怎麼辦〉。

十七、花嫁峠
【新娘嶺】

作詞：関口義明｜作曲：宮下健治
唄：佐々木新一｜2014

一、

1. 嫁ぐ佳き日の　長持ち唄が

出嫁的吉日，所唱出的出嫁娘歌曲聲，

2. 風に流れる　村ざかい

隨風在村莊邊境流淌。

3. 娘見送る　花嫁峠

在新娘嶺目送女兒。

4. 山のむこうで　待つ婿どのと

妳要和在山的那頭等待的女婿心連心，

5. 心結んで　幸せ掴め

抓住幸福喔！

二、

6. 親の欲目で　云うのじゃないが

不是媽媽要偏心地説啊！

7. 姿まぶしい　角かくし

那是一頂風采耀眼的蒙頭絹。

8. つづく七坂　花嫁峠

連續七個坡路的新娘嶺。

9. 青葉若葉の　また来る春にや

在新綠嫩葉再來的春天時，

10. 可愛い初孫　抱かせておくれ

請讓我抱個可愛的第一個孫子。

三、

11. 娘手放す　切ない胸を

要放手女兒的痛苦的內心，

12. 知るや雲間の　揚げひばり

彩雲的縫隙中飛翔的雲雀，妳了解嗎？

13. ここで見おさめ　花嫁峠

送你到這裡，新娘嶺。

14. 親も認めた　よい人だから

因爲他是父母親也都賞識的好人，所以…

15. 永く仲よく　達者で暮らせ

希望妳們要永遠好好的健康地過日子。

語詞分析

1. 花嫁峠：新娘嶺。「花嫁」（名）〈新娘〉＋「峠」（名）〈山嶺、山崗、山巔〉→→「はなよめとうげ」。這個「花嫁峠」是作者創作的名詞，並非日本的境內的某一座山嶺的專有名詞，查遍維基百科後，其念法是「～とうげ」不是濁音的「～どうげ」。例如，「日本三大峠」（にほんさんだいとうげ）即「三伏峠」（さんぷくとうげ），「針ノ木峠」（はりのきとうげ）和「夏沢峠」（なつざわとうけ）。

2. 嫁ぐ：（自Ⅰ）出嫁。

3. 佳き日：＝「良い日」〈好日子、吉日〉。【良い】（い形）＝【佳い】。「佳き」是古語文法，屬「く」形形容詞，【佳い】的第四變化連體形「佳き」做修飾名詞用 ☞p308 表 17。

4. 長持ち唄：「長持ち」（名）①耐久、耐用②有蓋子放衣類的箱子。歌詞指新娘的嫁妝，裝在有蓋子的衣箱子的東西。。這裡的「長持ち」＋「唄」→→「長持ち唄」是指出嫁或廟會祭典行列時，挑夫所唱的民謠。此處指新娘出嫁日，於迎娶隊伍中，挑

240

著裝滿新娘嫁粧和陪嫁品的挑夫所吟唱的曲調。

5. 風に流れる村ざかい：「流れる」（自Ⅱ）這裡當①
流動、流②漂流 ☞p143-5 ；這歌詞裡當作爲聲音
（長持ち唄）的流動（流淌）。「村」（名）〈村莊、
村子〉＋「堺」（名）【さかい】〈邊界、交界〉
→→「村ざかい」。兩名詞相加時，【さかい】變成
「ざかい」。「村ざかい」＝「村境」＝【村堺】譯
爲村莊邊界。「に」（格助）表原因。

6. 嫁ぐ佳き日の長持ち唄が風に流れる村ざかい：出
嫁吉日的紅妝隊伍裡，挑夫哼唱的歌聲，隨風飄盪
在村莊邊界。

7. 娘見送る花嫁峠：「見送る」（他Ⅰ）①目送②送
行、送別③静觀、暫且擱置④送終。「娘を見送る
花嫁峠」〈目送女兒的新娘嶺〉，歌詞省去「を」
（格助）。可欣賞成爲「見送る」的動作地點的句
子成爲「花嫁峠で娘を見送る」〈在新娘嶺目送女
兒〉。

8. 山の向こうで待つ婿どのと：「婿どの」＝【婿
殿】，「殿」（名）①貴族敬稱②主公敬稱③妻對丈
夫敬稱④男人敬稱⑤攝政的敬稱⑥王公貴族宅邸。
「〜殿」（接尾）接在姓名或官銜下的敬稱。「〜
殿」＝「〜樣」。「向こう」（名）①前面、正面②

另一邊、另一面③那邊、那裡④對方⑤今後、從現在起。「山の向こうで」的「で」（格助）表動詞「待つ」（他Ⅰ）〈等待〉動作地點。這句「山の向こうで待つ婿どの」翻譯為在山的對面等待的女婿、在山的那頭等待的女婿。「と」（格助）是表下句「心結む」動詞的共同動作者。翻譯為「和」。歌詞第4第5句，為完整一句。

9. 心結んで幸せ掴め：翻譯為「心連心，抓住幸福！」。歌詞中省去格助詞「を」成為「心結んで」。「心を結ぶ」〈連心、心連心〉＋「て」（接助）→→「心を結んで」（「結ぶ」的「て」形，「て」表狀況提示，接下面的「掴む」）。「掴む」（他Ⅰ）〈抓、抓住、揪〉→→「掴め」〈抓住〉，「掴め」是動詞的命令形。動詞命令形文法，第一類動詞以其語尾「え」段音表命令形。「掴む」→→「掴め」→→「掴んでください」。「掴め」是一種非常不禮貌的說法，一般用這種命令形帶有簡慢、粗魯、斥責、生氣等語氣。不過，命令形也表緊急、鼓勵、期望的語氣用法，例如「頑張れ」〈加油！〉的用法，歌詞「掴め」也表激勵、期望的口氣用法。「幸せ掴め」→→「幸せを掴め」〈要抓住幸福！把握幸福！〉。動詞命令形文法變化如

242

下：

A. 第一類動詞用語尾「え」段音

① 「行きます」→→「行く」→→「行け」。
〈去！〉

② 「呼びます」→→「呼ぶ」→→「呼べ」。
〈喊！叫！〉

③ 「頑張ります」→→「頑張る」→→「頑張
れ」〈加油！〉

B. 第二類動詞用語尾「る」改成「ろ」

① 「食べます」→→「食べる」→→「食べ
ろ」。〈吃！〉

② 「入れます」→→「入れる」→→「入れ
ろ」。〈放！加！〉

C. 第三類

① 「します」→→「する」→→「しろ」、「せ
よ」。〈做！〉

② 「来ます」→→「来る」→→「こい」。
〈來！〉

10. 親の欲目で云うのじゃないが：「欲目」（名）偏
愛、偏心眼兒。「で」（格助）表動詞「云う」（他
１）〈說〉＝「言う」的方法手段。「親の欲目で云
う」〈用母親的偏心來說〉。「～んじゃない」是一

種假定的推測慣用句〈不是…嗎／可不是…嗎〉。例如「いいんじゃない＝「いいのではない」〈不是不錯？〉，「するんじゃない」＝「するのではない」〈不是要做？〉。「が」（終助）表語氣未完，表柔和委婉語氣說法。整句意譯爲「並不是母親要偏心地說啊！」。

11. 姿まぶしい角隠し：「角隠し」（名）①寺廟祭拜時，婦女戴的日式蒙頭絹（白面紅裡）②新娘婚禮時的日式蒙頭絹。依其字面意思，顧名思義，「角を隠す」〈把犄角、稜角藏起來〉，此外，日本俗話「角を生やす」一語，中文意思是吃醋、忌妒。所以這「角隠し」意涵著，姑娘嫁出門後，要把小姐脾氣等等收斂起來。「姿がまぶしい」＝「姿まぶしい」〈風采耀眼的／姿態刺眼的〉。歌詞省去格助詞「が」。「姿」（名）①姿態、身影②風采、態度、舉止③面貌、容貌④狀態。整句譯爲「那是一頂風采耀眼的蒙頭絹」。

12. つづく七坂：「七坂」（名）一般指大阪市天王寺區的上町台地西邊的七個坡路，稱爲「天王寺七坂」。「七坂」的「七」表示數目的多，例如成語【七転び八起き】【ななころびやおき】〈百折不撓〉一樣，「七」表示多。這歌詞「七個坡路」，表

244

示新夫妻未來日子當中有許多困難。「つづく」【続く】（自 I ）①繼續、連續②接著、跟著③相連、相接。

13. 第 8 句「つづく七坂花嫁峠」，其意爲「七坂が続く花嫁峠」，更明顯易懂，翻譯爲七個坡道連續的新娘嶺，或連續七個坡路的新娘嶺。

14. 青葉若葉：「青葉」和「若葉」兩個近似詞重疊的字，兩者均指春天的新綠、綠葉、嫩葉。

15. また来る春にゃ：＝「また来る春には」＝「春にはまた来る」。「にゃ」是方言俗話用法，「にゃ」＝①助詞「に」＋「は」的縮音用法。②「にゃ」＝「～ねば」＝「V1」＋「～なければならない」。此處爲①的用法，表春天時間的定點用法。

16. 青葉若葉のまた来る春にゃ：＝「青葉若葉がまた来る春にゃ」。連體修飾語句可將「が」改成「の」。本句譯爲「在新綠嫩葉再來的春天時」。

17. 可愛い初孫抱かせておくれ：＝「可愛い初孫を抱かせておくれ」→→「可愛い初孫を抱かせてください」翻譯爲〈請讓我抱個可愛的長孫〉。「初孫」＝【はつまご】＝【ういまご】第一個孫子、孫女。「抱く」（他 I ）〈抱〉＋「せる」（使役助動詞）→→「抱かせる」〈讓…抱〉→→「抱かせて

ください」〈請讓…抱〉＝「抱かせておくれ」〈請
讓…抱〉。授受動詞「V2」＋「～てくれる」〈幫我
…給我…〉（原形）→→「V2」＋「～てくれ」的
「くれ」是「くれる」的命令形。「V2」＋「～て
くれ」＝「V2」＋「～ておくれ」（加上「お」美
化用語、婦女用語）。授受動詞☞p174-15、使役助
動詞☞p279-16。

18. 娘手放す切ない胸を：「娘手放す」＝「娘を手放
す」〈放下女兒〉（歌詞中省去格助詞「を」）＋
「切ない胸」〈痛苦的內心〉→→「娘を手放す切
ない胸」〈放下女兒的痛苦的內心〉。「手放す」（他
Ⅰ）①放下②離開、分手③賣掉、出手。「切な
い」（い形）①痛苦、難過、苦悶②喘不過氣。格
助詞「を」是承接下句的動詞「知る」。「胸」
（名）☞p127-2。

19. 知るや：「知る」（他Ⅰ）①知道、知曉②懂、理解
③認識④學會⑤發現⑥記住⑦體驗⑧察知、推測。
「や」終助詞表文末的感動、敘述所言內容或表反
語。「知るや」〈知道否？〉＝「知るだろうか」＝
「知るかしら」。它也是「知るや知らずや」〈知
否？不知否？〉的省略。

20. 雲間の揚げひばり：〈彩雲的縫隙中飛翔的雲雀〉。

「雲間」（名）雲的隙縫、彩雲的縫隙。「揚げひば
り」（名）＝「空高く舞い上がる雲雀」〈高空飛揚
的雲雀〉。

21. 娘手放す切ない胸を知るや雲間の揚げひばり：歌
詞第 11 句第 12 句連成整句後，欣賞成爲「雲間の
揚げひばりが娘を手放す切ない胸を知るや」〈彩
雲的縫隙中飛翔的雲雀，妳了解我放手女兒的難過
內心吧！〉。

22. ここで見納め：「見納め」（名）〈看最後一次〉。
「ここで」＝「これで」指事務上的這裡、這一
點、現在。本爲「在這裡，看妳最後一次」。故這
句可翻爲「送你到這裡，新娘嶺」。

23. 親も認めたよい人だから：「認める」（他Ⅰ）①看
見②賞識、重視③同意④認爲、判斷⑤承認。
「V3」＋「だから」（接）〈因爲…所以…〉。「認め
る」（現在式）＋「た」（助動）→→「認めた」
（「た」形表完了、狀態）。這句翻爲「因爲父母親
也都賞識的好人，所以…。」意指父母親滿意新
郎。

24. 永く仲良く達者で暮らせ：「永い」（い形）〈永遠
的〉→→「永く」（副）〈永遠的〉。「仲良く」
（副）〈友好、相好〉。（「仲良い」「い」形變成

「く」和「達者」（な形）變成「で」均是連用形的副詞用法，「達者」（な形）①精通、熟練②健康、健壯③精明、圓滑。「暮らす」（自他Ⅰ）〈生活、過日子、度日子〉→→「暮らせ」。「暮らせ」是命令形見本篇解釋9。「達者で暮らす」＝「達者に暮らす」。「仲良く」和「達者」均修飾動詞「暮らせ」。因此，翻譯成「請要永遠地相好的健康地過日子」、「希望要永遠地相好的健康地過日子」。

十八、ふたりの人生行路
【兩人的人生之路】

作詞：たかたかし｜作曲：市川昭介

唄：島津亜矢｜2011

一、

1.　逢えてよかつた　おまえに逢えて

幸好能跟你相逢，

2.　胸に沁みます　あなたの言葉

你的言語，滲入我內心。

3.　憂き世の荒波　身を投げて

我們陷入塵世的巨浪後，

4.　苦労の涙を　越えてゆく

漸漸克服辛勞的淚水，

5. あなたとわたしの　人生行路

這是我和你的人生之路。

二、

6. いつか讃岐の　かがやく富士と

你說過有一天會是讚岐光耀的富士，

7. 言ったあなたに　信じてつくす

我相信你而對你盡心盡力，

8. 何度でも惚れます　ねぇあなた

我多次戀慕你，

9. 男の野心を　たいせつに

請你要珍惜男人的夢想，

10. 寄りそうふたりの　人生行路

兩人相依偎的人生之路。

三、

11. 嵐ふくだろ　これから先も

今後，未來也會吹起一陣暴風雨，

12. 杖になりましょ　私でよけりゃ

若我可以的話，我當你的拐杖吧！

13. 淡雪とければ　花も咲く

雪片融化的話，花也就會開。

14. 見上げる空には　春の音

仰望的天空裡，傳來春天的訊息，

15. 明日もふたりの　人生行路

明天也是一條兩人的人生之路。

語詞分析

1. 行路：（名）①走路、行路②處世、渡世。

2. 逢えてよかった　おまえに逢えて：「会う」＝
【逢う】漢字用「逢」表示相逢之意。這歌詞應前
後顛倒閱讀，成為「あなたに逢えて逢えてよかっ
た」〈能遇見你（能跟你相逢）太好了／還好能見
到你〉。「おまえに逢う」〈跟妳見面〉→→「おま
えに逢える」〈能跟妳見面〉＋「て」（接助）→→
「おまえに逢えて」〈能跟妳見面〉（動詞「て」
形，表直接原因）。【逢う】（自Ⅰ）〈遇見、見面、
相會〉變成可能動詞「逢える」，第一類動詞用其
語尾改成「え」段音，加上「る」即可☞p284-22。

3. 胸に沁みます　あなたの言葉：句子本應是「あな
たの言葉が胸に沁みます」。「に」（格助）表動詞
的歸著點。「沁みる」（自Ⅱ）①滲透②刺痛③染上
④銘刻於心。所以，譯為你的話滲入我內心。
「胸」（名）☞p127-2。

4. 憂き世の荒波：「憂い」（い形）（現）＝【憂し】
（文）〈憂愁、苦悶、痛苦〉。「憂し」→→「憂
き」（文言文形容詞第四變化連體形）☞p308　表

252

17。「憂き世」＝「憂い世」〈憂愁的世間〉。「荒波」（名）激浪、怒濤、大浪。

5. 身を投げて：「身を投げる」＋「て」（接助）→→「身を投げて」。「身」（名）這裡的「身」可當自己解釋☞p277-10。「投げる」（他Ⅱ）①投、拋、擲、扔②跳入、陷入③摔④放棄、絕望。「身を投げて」的「て形」表動作接續用法。

6. 憂き世の荒波　身を投げて：完整句子爲「憂き世の荒波に身を投げて」，歌詞省去格助詞「に」，「に」用以表示動詞「投げる」的目的點。整句是「把自己丟進憂世之巨浪中」、「投身憂世之巨浪中」、「陷入愁世的浪濤裡」。而「憂き世」＝「浮世」〈人世、塵世、社會、現世、浮生〉發音同，意境上指煩憂世界的巨浪、憂愁人世的浪濤。

7. 苦労の涙を越えてゆく：「越える」（自Ⅱ）①越過、渡過②超過③勝過、超越。「苦労の涙を越える」〈克服辛苦的淚水〉。「苦労」（名）①勞苦、辛苦②操心、擔心。「越えてゆく」是漸遠態的句型，句型爲「V2 て形」＋「ゆく」（文）＝「V2 て形」＋「いく」。表示越來越…／逐漸…☞p282-21。

8. 歌詞第 3、4 句要連著欣賞，翻譯爲，陷入煩憂塵世巨浪中，逐漸克服艱辛的淚水。

9. いつか讃岐の輝く富士と言ったあなたに信じて尽くす：「讃岐の輝く富士」＝「讃岐が輝く富士」。「輝く」（自Ⅰ）放光輝、光輝、輝耀。「が」（格助）表「讃岐」的主語，因連體修飾語修飾「富士」，故「が」可改成「の」。「讃岐が輝く富士」譯爲〈讃岐所光耀的富士（山）〉。在此必須補充說明「富士」意義，當然這裡「富士」是指「富士山」，但並非眾所皆知的靜岡縣和山梨縣之間的富士山。而是全體日本人的「富士山觀」中的神山富士山，富士山不僅是全日本最高的山，也意喻日本第一，它是日本的象徵、日本最美麗、偉大、神聖和潔白，它是歷史圖騰，日本國精神象徵，切身的存在於每個日本人的內心深處的信念或共識。因此，日本各地都有所謂的「鄉土富士」【きょうどふじ】，可譯爲〈鄉土富士、故鄉富士山〉。「鄉土富士」指各縣市的小型富士山（只要外表形狀像，均可叫我們家鄉的富士山），按維基百科日文版所述，北海道有 17 座「富士山」的山，稱爲「阿寒富士」、「羅臼富士」等等。福井縣有 11 座，千葉有 7 座，而此歌詞中的香川縣內有 11 座，其中最有名的

7 座稱爲「讚岐七富士」。7 座中更具代表性的爲「讚岐富士」（さぬきふじ），眞名叫「飯野山」（いいのやま），海拔 421.9 M。它位於香川縣丸龜市和坂出市境內。「讚岐の輝く富士と言ったあなた」→→「あなたが讚岐の輝く富士と言った」〈你說過你會是讚岐所光輝的富士〉。「に」（格助）表動詞「信じる」的動作對象。「尽くす」（他Ⅰ）①盡力、竭力、效力②以連用形和其他動詞結合成爲複合動詞☞p130-9，表盡、完、光。所以，這上下兩句歌詞結合後，翻爲「你說過你有一天會是讚岐所光耀的富士，我相信著你而對你盡心盡力」。「～と」（格助）表動詞「言う」的內容，「～と言う」〈說…〉（現在式）＋「た」（助動）→→「～と言った」〈說了…〉（表過去完了）。

10. 何度でも惚れます、ねえ、あなた：譯爲我多次戀慕你啊！「惚れる」（自Ⅱ）①迷戀、戀慕②喜愛、欣賞③神往。「あなたに惚れます」〈戀慕你〉，歌詞省去「に」（格助），它表動詞「惚れる」的動作對象。「ねえ」（感）＝「ね」表提醒。「何度でも」→→「何度」＋「でも」（副助）→→「何度でも」〈好幾次、多次〉。「でも」（副助）接疑問詞時，表示全面肯定，可翻譯爲無論或不拘，

「何度でも」〈無論多少次〉。

例①：「誰でも、知っている」〈無論誰都知道〉

例②：「何時でも、かまわない」

〈無論什麼時候都可以、隨時都沒關係〉

例③：「誰でも、いいから、手伝ってください」

〈誰都可以，請幫我一下〉

11. 男の野心を大切に：這句後面省略動詞「してください」、「してね」之類的會話形用法，完整句子「男の野心を大切にしてください」。這稱為「な形」的動詞句句型。「大切」（な形）①重要、要緊 ②愛惜、珍惜、保重。所以這句可譯為「請重視（珍惜）男人的夢想」。「野心」（名）本該念【やしん】意思是雄心、野心。但歌詞用【のぞみ】表現，以減緩此字的「野心」負面意思，這也是日語曖昧性的表現法之一。「な形」動詞句句型「な形」＋「に」＋「する」，

例①：「レッスン中はなるべく静かにしてください」〈上課中請盡可能保持安靜〉

例②：「町を綺麗にします」

〈要把城市弄漂亮、要保持街道乾淨〉

例③：「駅をにぎやかにします」

〈要把捷運站（火車站）弄熱鬧〉

例④：「あなたの時間を大切にして生きてください」〈請珍惜你的時間過日子〉。

12. 寄り添う二人の人生行路：「寄り添う」（自Ⅰ）靠近、挨、貼近。此句本來是「二人が寄り添う人生行路」，所以翻爲「兩人相依的人生之路」。「が」（格助）表動詞「寄り添う」的主語。

13. 嵐ふくだろ：＝「嵐が吹くだろう」〈吹起風暴吧！〉中省略了格助詞「が」和助動詞「だ」未然形「だろう」的助動詞「う」。「嵐」（名）暴風雨、風暴。此句爲未然形中的推量用法，文型：「Ｖ3」＋「だろう」（文章體、不禮貌型）＝「Ｖ3」＋「でしょう」（禮貌型）〈吧！〉。
例①：「日本では毎年地震がたくさん起きるでしょう」〈在日本，每年會發生很多地震吧！〉
例②：「今日の午後は晴れるでしょうか」
〈今天下午會放晴吧！〉
例③：「どう見ても美味しいでしょう」
〈再怎麼看，都好吃吧！〉
例④：「色が凄く綺麗でしょう」
〈顏色很漂亮吧！〉

14. これから、先も嵐ふくだろ：〈今後，未來也會吹起風暴吧！〉「これから」（連語）①今後、從現在

起②從這裡起③從此。「先」（名）①東西的尖端②前頭、最前面③去處、目的地④將來、未來⑤先、早、最先⑥預先、事先⑦以前⑧前方、前面。

15. 杖になりましょ、私でよけりゃ：＝「私でよけりゃ、杖になりましょ」＝「私でよければ、杖になりましょ」。「よけりゃ」是「よければ」的口語形縮音用法。形容詞假定形爲「よい」【良い】〈好、可以〉＋「ば」（接助）→→「よければ」〈可以的話〉＝「よけりゃ」☞p301 表5。「私で」的「で」（格助）表限定或基準。「私でよけりゃ」〈我可以的話〉。「N／な形」＋「に」＋「なる」→→〈當…〉〈變成…〉→→「杖になる」〈當拐杖〉→→「杖になります」＋「う」（助動）→→「杖になりましょう」〈當拐杖吧！／當你的拐杖吧！〉。同本解釋13，省略「う」（助動）。

16. 淡雪とければ：＝「淡雪がとければ」此句省去格助詞「が」。譯爲「雪花溶解的話，就…」。「淡雪」（名）雪花、雪片。「解ける」（自Ⅱ）①融化、溶解②解開③解決、消除。「V5」＋「ば」（接助）→→「解ける」＋「ば」→→「解ければ」〈融的話〉☞p35-13。

17. 見上げる空には春の音：「見上げる」（他Ⅱ）①仰望、抬頭②景仰、敬重、欽佩。「見上げる空」動詞修飾名詞「空」，意思爲仰望的天空。助詞「には」＝「に」＋「は」，表後句的「春の音がする」或「春の音が聞こえる」的地點。（但歌詞省略了「音がする」或「音が聞こえる」〈傳來聲音、聽得到聲音〉。「音」（名）①音、聲音、名聲②音信、消息。所以「見上げる空には春の音が聞こえる」可翻爲仰望的天空裡，傳來春天的訊息／仰望天空，有了春天的訊息。「…がする」的慣用句例子：感官上感受得到的、傳來的感覺，如有某嗅覺、聽覺、味覺、觸覺、第六感等。

① 「雷の音がする」〈有雷聲〉

② 「いい匂いがする」〈有香味〉

③ 「寒気がする」〈覺得發冷〉

④ 「レモンの味がする」〈有檸檬味〉

⑤ 「彼にどこかで会ったような気がする」
　　〈覺得好像在哪裡見過他〉

十九、星空の秋子
【星空下的秋子】

作詞：仁井谷俊也｜作曲：水森英夫

唄：氷川ひろし｜2002

一、

1. 怒濤が逆巻く　玄界灘の

   浪濤洶湧的玄界灘的

2. 潮の香りが　懐かしい

   潮浪香，令我懷念。

3. 一夜ひとよに　夢見ごろ

   每晚做夢時，

4. 恋の花咲く　であい橋

   我倆在邂逅橋上，戀情花開。

5. ひと眼逢いたい　こんな星の夜

想見妳一面，在這樣的星夜。

6. あの眸…　あの声…　あの笑顔…

妳那眼眸，妳那聲音，妳那笑容。

7. もう一度…秋子

秋子，想再一次見妳。

二、

8. 愛を誓った　ステンドグラス

在教堂的彩繪玻璃前，誓言愛妳。

9. 今日はひとりの　マリア様

今日是孤單的聖母瑪利亞。

10. 一夜ひとよに　夢見ごろ

每晚，做夢時，

11. 蔦のからまる　異人館

一棟常春藤爬滿的歐風房子。

12. ひと眼逢いたい　こんな雨の夜

想見妳一面，在這樣的雨夜裡。

13. うわさ…　移り香…　うしろ影…

有流言，有遺留的香，有妳的背影。

14. 何処にいる…秋子

秋子，妳在何處？

三、

15. 男ごころの　一途な想い

專情思念的男人心。

16. 熱く燃えてる　桜島

炙熱地燃燒著的櫻島。

17. 一夜ひとよに　夢見ごろ

每晚，做夢時，

18. 遠く輝く　南十字星

遠處閃耀的南十字星。

19. ひと眼逢いたい　こんな月の夜

想再見妳一次，在這樣的月夜裡。

20. あの日…　あの時…　あの夢を…

那天…那時…我做那場夢。

21. もう一度…秋子

想再見妳一次，秋子。

語詞分析

1. 星空：（名）星空。

2. 怒濤が逆巻く：【怒濤】歌詞中發音爲【波】（名）
   ＝【浪】＝【なみ】，若是音讀時，發音「どと
   う」爲中文的浪濤、怒濤。「逆巻く」（自Ⅰ）逆
   捲、反捲。「怒濤が逆巻く」即捲浪翻湧、浪濤洶
   湧、洶湧澎湃、浪濤波瀾之意。

3. 玄界灘：（名）日本海的一部分，位於佐賀和福岡
   兩縣西北部的海面，稱之爲「玄界灘」。

4. 潮の香りが懷かしい：「懷かしい」（い形）想念、
   懷念、眷念。翻譯爲懷念潮水的香。格助詞「が」
   表「い形」、「な形」的對象語。

5. 歌詞的第 1、2 句接續成整句子，必須連著翻譯。

6. 一夜ひとよに夢見ごろ：「夢見る」（他Ⅱ）〈做
   夢〉→→「夢見ます」的名詞形→→「夢見」
   （名）＋「ごろ」【頃】（名）〈時候〉→→「夢見
   ごろ」〈做夢時〉。「一夜」（名）①一夜、一晚②某
   夜、某個夜裡③一整夜、終夜。「一夜」使用兩
   次，意指一夜地一夜地，所以可翻「每晚」。「に」
   （格助）表時間定點。

7. 恋の花咲く出会い橋:「恋の花」〈戀情之花、戀情花〉。「恋の花が咲く」→→「恋の花咲く」〈戀情花開花〉歌詞省去自動詞的格助詞「が」。「出会い」(名)①相遇、相逢②會合③幽會、約會。「出会い橋」(名)幽會橋、相遇橋、邂逅橋。「恋の花咲く出会い橋」直譯爲戀情之花開花的幽會橋。意譯爲在邂逅橋上,我倆戀情花開。

8. ひと目:(名)①看一眼、一看②一眼望穿、一眼望盡、看透。

9. 逢いたい:「逢う」(自Ⅰ)〈見面、相逢〉+「たい」(助動)〈想…〉→→「逢いたい」〈想見面〉☞p226-1。

10. 愛を誓ったステンドグラス:「誓う」(他Ⅰ)〈發誓〉+「た」(助動,表過去)→→「誓った」(動詞過去式、完了)。「ステンドグラス」【stained glass】(名)①(一般是指教堂的裝飾)彩繪玻璃、彩色玻璃②冰屑玻璃。「愛を誓う」〈發誓愛情、誓言愛你〉。教堂的彩繪玻璃除了具有高度的藝術價值外,因爲玻璃上的圖案雕刻多爲聖經的故事和名言,各教堂因時代或國家,其圖案略異,一般爲「耶穌聖心」、「瑪利亞的婚禮」、「耶穌誕生」「逃往埃及」等,尤其「聖家庭」、「耶穌誕生」、「獻耶

穌於聖殿」、「聖母教導耶穌孩童」、「聖若瑟安息」。在圖像意象上，皆透過日常家居情景來凸顯父母親的持家、養育、教導，以及子女的順服與幫忙家務等美德。因此，戀愛中的情人常於這類彩繪玻璃前，眞誠示愛表白後，也多在教堂完成婚禮，誓言永遠相愛相伴相隨。「愛を誓ったステンドグラス」可欣賞爲「ステンドグラスの前で、愛を誓った」〈在彩繪玻璃前，誓言愛你〉。

11. ひとり：（名）漢字是【一人】，這時表示一個人。寫成【独り】時，表示孤獨之意。

12. 蔦のからまる異人館：＝「蔦がからまる異人館」。連體修飾語句的格助詞「が」可改成「の」。「蔦」（名）常春藤、爬山虎。「異人館」（名）專指幕府末年到明治時期的歐風建築物之稱呼，「異人」指異國之人，也就是外國人，特指幕府後期，來到剛剛鎖國後開國的日本的西洋人，主要散布在長崎、神戶、神奈川、北海道等地，這些都是德川幕府鎖國後所開港的都市。現在有的異人館已被列爲日本當地政府文化財或世界遺產。「からまる」＝【絡まる】（自Ⅰ）①纏繞②糾紛、糾葛。故整句爲「常春藤爬滿（纏繞）的歐風房子」。

13. 移り香：（名）薰上去的香味、遺留的香。

14. 後ろ影：＝【後ろ姿】（名）背影。

15. 何処にいる秋子：＝「秋子は何処にいる？」〈秋
    子妳在哪裡？〉。

16. 男ごころ：【男心】（名）意思是男人心。

17. 一途な想い：「一途」（な形）專心、一心一意。
    「想い」（名）指男女間的思念、思慕、想念。「男
    ごころの一途な想い」〈男人心的專心思慕〉，可意
    譯爲專情思念的男人心。

18. 熱く燃えてる桜島：炙熱地燃燒著的櫻島。「桜
    島」（名）位於九州鹿兒島縣錦江灣外的海島，是
    個活火山島。「熱い」（い形）〈①熱、燙②熱中、
    熱愛〉→→「熱く」（い形）形容詞去語尾「い」
    變「く」爲它的第二變化，這裡當副詞用修飾「燃
    えてる」。「燃える」（自Ⅰ）①燃燒、著火②熱
    情、熱情③火紅。「燃える」＋「～ている」〈現在
    進行式、表狀態持續〉＝「～てる」→→「燃えて
    いる」→→「燃えてる」〈燃燒著〉（省去「いる」
    語幹「い」）。

19. 遠く輝く南十字星：此句寫法跟第16句歌詞相同，
    意思是遠遠地閃耀的南十字星、遠處閃耀的南十字
    星。「遠く」（準名詞）①遠方、遠處②它也是（い
    形）的第二變化）〈遠的、遠處的〉修飾動詞「輝

く」，本句歌詞用法屬②。「輝く」（自Ⅰ）①輝耀、閃耀、放光芒②洋溢③光榮、顯赫。南十字星的星辰語言中，它主要的 4 顆星各所代表的是 α 星努力、理想、自由，β 星崇高、理想、神秘、熱情，γ 星奉獻、宗教，δ 星幹練、傳承。

二十、夢追い舟唄
【追夢船歌】

作詞：たきのえいじ｜作曲：叶弦大

唄：眞木柚布子｜2010

一、

1.　お酒を飲むたび、酔うたびに

　　毎次喝酒，每次醉時，

2.　過ぎたあの日が近くなる

　　逝去的那個日子，就近了。

3.　二度も三度も、諦めて

　　再三地要放棄，

4.　諦めきれず　拭く涙、

　　但我卻無法完全死心地，去擦拭淚水。

5. 棹をさしてよ　夢追い舟に

我撐著一條追夢船，

6. 　命重ねてよーお、ねえ　あなた

跟你生命一條心，

二、

7. 岸を離れて身を晒す

追夢船駛離岸邊，將自己暴露

8. 薄い縁の紙の舟

在一艘緣分淺薄的紙船，

9. あなた点して、篝火を

請你點燃篝火。

10. 寂しさばかり　沁みる日は

在盡是寂寞滲入的日子裡。

11. 水の 鏡に あなたが映る

你映在水漾鏡面上。

12. 恋しがらせてよーお、又じらす

讓我想念啊！也讓我心焦。

三、

13. 夏を畳んで、秋が来る

夏去，秋來。

14. 咲いて七草 知る情け

「七草」花開，知情愛，

15. 肌の寒さはあなた故

肌膚之冷，因你，

16. 焦がれる辛さ あなた故

思戀之痛，因你，

17. せめて二人（ふたり）で、夢追い舟（ゆめおいぶね）を

至少我們倆也想把追夢船，

18. 漕（こ）いで行（ゆ）きたいよーね　向（む）こう岸（ぎし）

划向對岸啊！

語詞分析

1. 夢追い：「夢を追う」（動詞句）〈追夢〉→→「夢を追います」（動詞句「ます」形），去掉「ます」變成名詞形「夢追い」〈追夢〉＋「舟」（名）〈船〉＋「唄」（名）〈歌曲、歌〉→→「夢追い舟唄」〈追夢船歌〉。歌詞第5句和第17句的「夢追い舟」【ゆめおいぶね】〈追夢船〉中的「舟」發音本為【ふね】，因前面加名詞，成為濁音【～ぶね】。再者，有關歌名「～舟唄」，某些歌詞也會發音為【～ふなうた】（名）〈船歌〉，這是因為「舟」本為【ふね】，兩漢字組合時會「母音同化」發音轉為【ふな～】→→「舟唄」【ふなうた】。故曲名

272

「夢追い舟唄」應發音為「ゆめおいふなうた」。

2. お酒を飲むたび、酔うたびに：「V4」＋「たび
に」【度に】〈每次…／每…〉。「お酒を飲む」＋
「たびに」→→「お酒を飲むたびに」（歌詞省略
了格助詞「に」）〈每次喝酒、在每次喝酒時〉，「酔
う」（自Ⅰ）〈①酒醉②暈車③陶醉〉＋「たびに」
〈每次醉〉☞p127-3。本句翻譯，在每次喝，每次
醉時。

3. 過ぎたあの日が近くなる：「過ぎる」（自Ⅰ）①經
過、通過②逝去、經過③度過④過分。「過ぎる」
＋「た」（助動）→→「過ぎた」（過去式，表狀
態）＋「あの日」→→「過ぎたあの日」〈逝去的
那日子〉。「が」（格助）表形容詞「近い」對象
語。「近い」（い形）〈近的、挨近的、靠近的、親
近的〉→→「近く」＋「なる」（自Ⅰ）→→「近
くなる」〈接近、變近、變靠近〉。本句翻譯，逝去
的那個日子，就近了。譯注：「逝去的那個日子，
近了」語意在表達珍惜時光，努力奮鬥去追求夢想
的日子或歡樂時光，即將隨著歲月的逝去，夢想或
歡樂能實現的機會越來越少，能努力的空間被限
縮，它是一種無奈心酸和無力感的語言表現。

4. 二度も三度も諦めて諦めきれず：「二度」（名）

〈二次、二回、再〉＋「も」（副助）＋「三度」（名）〈三次〉＋「も」〈二次三次也都…／再三地…〉。「諦める」（自Ⅱ）〈斷念、死心、放棄〉。「諦める」＋「て」（接助）（表逆接用法）〈死心卻…〉，「諦める」＋「きれる」（自Ⅱ）（接尾動詞用法）〈能完全地…／完全地…〉→→「諦めきれる」〈完全死心〉→→「V1」＋「ず」（否定助動詞）→→「諦めきれず」〈不能完全地死心〉。這裡助動詞「ず」為其連用形，等於「諦めきれないで」☞p306 表 10。所以整句譯為「再三地要放棄，卻不能完全死心地…」。

A. 「て」（表逆接用法）的例子

①　「わかっていて答えない」〈知道卻不回答〉

②　「見て見ぬふり」〈看到假裝沒看見〉。

③　「知っていて知らないふりをする」
　　〈明明知道，卻假裝不知道〉。

④　「何度も注意されてまだ、やめない」
　　〈被警告了好幾次，還不停止〉。

B. 複合動詞慣用句「V2」＋「きる」的例子

「V2」＋「きる」（他Ⅰ）表動作確實地完了終結或非常地、完全地做完該動作之語氣。「きれない」是「きる」的可能動詞「きれる」的否定形。

所以，「きる」→→「きれる」＋「ない」（助動）
→→「きれない」〈不能完全地…〉可能動詞
☞p284-22 複合動詞 ☞p130-9。

① 例1「それは、いくら悔やんでも悔やみきれ
　　ないことだった」
　　〈那是一件多麼悔恨莫及的事〉

② 例2「この教室に１００人は入りきれない」
　　〈這教室容不了 100 人〉

③ 例3「これは一人で食べきれない」
　　〈這些一個人吃不完〉

④ 例4「マラソンを走りきったのはこれが、初
　　めてです」〈這是我第一次跑完全程馬拉松〉

⑤ 例5「昨日たくさん買ったチョコをもう、食
　　べきってしまった」
　　〈昨日買很多的巧克力，我把它吃完了〉

5. 諦めきれず、拭く涙：這裡助動詞「ず」爲其連用
　形 ☞p306 表 12，等於「諦めきれないで」，這是否
　定接續用法「諦めきれないで、拭く」「不能完全
　死心去擦掉…」。「拭く」（他Ⅰ）〈擦、擦拭〉→→
　「涙を拭く」〈擦眼淚〉→→「拭く涙」〈要擦掉的
　眼淚〉。

6. 歌詞第 3、4 句合併時，成爲「二度も三度も諦め

て、諦めきれず拭く涙」。「二度も三度も諦めて、諦めきれず拭く」整句修飾「涙」。所以翻譯為，這是再三地放棄，卻不能完全死心地擦掉的淚水。

7. 棹を差してよ　夢追い舟に：此句應前後顛倒欣賞歌詞，「夢追い舟に棹を差してよ」。「棹を差す」〈撐篙、撐船〉＝「棹差す」（他Ⅰ）（省略格助詞「を」）。「に」（格助）表動詞「差す」的歸著點。「V2」＋「てよ」＝「て」＋「よ」。「て」表說話者強烈地表現自己的判斷意見和主張，等於「棹を差すよ」或「棹を差しているよ」。所以翻譯為「我撐著一條追夢船」。

8. 命重ねてよ、ねえ、あなた：應該看成「あなたと命を重ねてよ」→→「あなたと命を重ねるよ」〈與你生命堆疊〉。「重ねる」→→「V2」＋「てよ　」用法同解釋 7。這句可分析為生命一條心。「重ねる」（他Ⅱ）①把…堆起來、把…疊起來②重複、加上。「ねえ」＝「ね」（終助、感助）這裡也表示親密的叮嚀或謀求與對方同感。

9. 歌詞第 5 句第 6 句，若合為一句欣賞。則為「棹を差してよ　夢追い舟に、命重ねてよ、ねえ、あなた」→→「　ねえ、あなたと夢追い舟に棹を差し

てよ、命重ねてよ」可翻譯爲，欸！我和妳撐著一條追夢船，生命一條心呦！

10. 岸を離れて身を晒す：「岸を離れる」〈離岸〉＋「て」（接助）→→「岸を離れて」（「て」形表動作接續）〈離岸後…〉。「離れる」（自Ⅱ）①離開、分離、分開②距離。「晒す」①曬②讓…風吹雨打③漂白④暴露⑤示眾。「身」（名）①身體②自己、己身③身分、處境④容器⑤（動物的）肉⑥刀身。例：「危險に身を晒す」〈置身險境〉，故，歌詞意義爲「追夢船駛離岸邊，將自己的（不倫戀）暴露出來、暴露在公眾之中」之意。此外，若接下句時，乃指「追夢船駛離岸邊，將自己的（不倫戀）暴露出來、暴露在緣分淺薄的紙船上」。

11. 薄い縁の紙の舟：「縁」發音爲【えにし】，請見本書「縁」這首歌曲的說明 ☞p79-1 。此處之「紙の舟」〈紙船〉是意喻「水に浮かんでも、やがて紙が水を含めば、沈むのが紙の舟の宿命である。」〈即使浮於水面，紙也終將含水，沉沒是紙船的宿命〉。翻譯日語名詞句時，加上數量詞單位的譯法，更暢順。故，若這第 8 句是獨立一句時，翻譯爲「這是一艘緣薄分淺的紙船」。若是欣賞爲第 7 句 8 句連成的一句時，「岸を離れて身を晒す薄い縁の

277

紙の舟」→→「岸を離れて薄い緣の紙の舟に身を晒す」則翻爲追夢船駛離岸邊，暴露在緣分淺薄的紙船上。

12. あなた点して篝火を；→→「あなた、篝火を点して」→→「あなた、篝火を点してください」，「点す」（他Ⅰ）點（火、燈）。「篝火」（名）篝火。（用竹籠罩著的火或架起木頭燒的火堆）做夜間警衛、照明或捕魚打獵時使用。現在的營火晚會上，樹枝搭起的木材堆或木頭高臺，燃點的火堆也可稱「篝火」。此歌詞前後品味後，「あなた、篝火を点してください」可翻譯爲請你點燃篝火／親愛的、請你點燃篝火。

13. 寂しさばかり、沁みる日は：翻譯爲盡是寂寞滲入的日子。「寂しい」（い形）〈寂寞的〉＋「さ」（接尾）→→「寂しさ」（名）〈寂寞〉。「い」形形容詞的名詞化，將其語尾「い」去掉，加上「さ」☞p281-19。「ばかり」（副助）①左右、約②只、光、盡是③剛剛④快要…幾乎要…⑤只、因爲☞p128-6。「N」＋「ばかり」〈盡是…〉→→「寂しさばかり」〈盡是寂寞〉。「沁みる」（自Ⅱ）〈①滲入②刺骨、刺痛③接近〉。「寂しさが身に沁みる日」〈寂寞滲入我身的日子〉→→「寂しさばか

り、身に沁みる日」〈盡是寂寞滲入我身的日子〉此處格助詞「が」被副助詞「ばかり」取代了，歌詞省去文節「身に」。「～は」（副助）提示主語，是第 10 句和 11 句連在一起的主語。

14. 水の鏡にあなたが映る：＝「あなたが水の鏡に映る」。「映る」（自 I）①映、照②配合、相稱③映現、照相。「に」（格助）表動詞「映る」的目的點。「水の鏡」水鏡、水漾鏡面，指水面或海面風平浪靜，靜如鏡面，意喻寂寞的人，心如止水，無任何波動的心慾和幻想。故，翻譯爲水漾鏡面映出你、你映照在水漾鏡面。

15. 寂しさばかり、沁みる日は水の鏡にあなたが映る：在盡是寂寞滲入的日子，你映在水漾鏡面上。

16. 恋しがらせてよーお、又、じらす：「恋しがる」（他 I）〈①戀愛、戀②懷念、眷念、想念〉＋「させる／せる」（使役助動）→→「恋しがらせる」的「て形」的「恋しがらせて」→→「恋しがらせてよ」的「てよ」請見本篇解釋 7。「じらす」【焦らす】（他 I）使焦急，使著急。「又」（副／接續）①又、再、還②也③另一、其他。故，整句翻爲「又讓我想念啊！又讓我心焦」。使役助動一般翻譯爲「使～」「讓～」「叫～」「令～」（第一類

動詞語尾「あ」段音加「せる」。第二類動詞去掉「る」加上「させる」。例句：

① 「先生は雪子さんを立たせました」
〈老師叫雪子站起來了〉（第一類）

② 「私は娘をアメリカへ行かせます」
〈我讓女兒去美國〉（第一類）

③ 「お母さんは子供にミルクを飲ませます」
〈媽媽叫小孩喝鮮奶〉（第一類）

④ 「先生は生徒にドアを開けさせました」
〈老師叫學生打開門〉（第二類）

⑤ 「お母は子供に野菜を食べさせます」
〈媽媽讓小孩吃蔬菜〉（第二類）

17. 夏を畳んで秋が来る：「畳む」（他Ⅰ）①摺疊、疊起②收拾、關閉③合起來④隱藏在內心⑤殺。「夏を畳む」〈夏天結束〉→→「夏を畳んで」〈夏天結束後…〉「て形」表動作的接續。故，翻譯為夏天結束，秋天來。

18. 咲いて七草　知る情け：「七草」（名）①春天的七種花草，水芹、薺菜、鼠曲草（鼠麴草）、繁縷、寶蓋草、蕪菁、蘿蔔。日人於正月迎春時，用這七種草做成「七草粥」【ななくさがゆ】食用，祈禱一整年平安順利。②秋天的七種花草是胡枝子、葛

花、瞿麥花、女蘿花、蘭草、桔梗、狗尾草。「情
け」（名）①同情心、慈悲心②人情義理③男女愛
情④色情。「知る情け」應該爲「情けを知る」〈通
達情理、講人情〉，按詞意，七草表季節，當七草
開花時，要知情意。而這裡意指男女情意。

19. 肌の寒さはあなた故：翻譯爲「肌膚之冷是因
你」。「肌の寒さはあなたの故」＝「肌の寒さはあ
なたが故」＝「肌の寒さはあなた故です」，歌詞
省略了「の」或「が」。「あなた」是名詞，故用
「の」或「が」，文言文接法「故」用「が」。「〜
故」（名）例子。

A. 表原因、理由。它是「〜のため」、「〜によっ
て」、「〜がもとで」之意。

例①：「幼さ故の過ち」〈因年幼的犯錯〉

例②：「今日は急ぐ故、これで失礼する」
〈今天因急，在此失陪〉

例③：「貧乏の故に、教育を受けられない子供た
ちもいる」
〈有的孩子們因爲貧窮，無法接受教育〉

例④：「女性であるが故に、差別されることがあ
る」〈有時因爲是女性，所以受到歧視〉。

B. 「〜故」表逆接。「〜であるのに」、「〜なの

に」 ☞p71-21。

「寒い」（い形）→→「寒さ」（名）「い」形形容
詞要改成名詞後，才可當本句的主語。「い」形形
容詞名詞化例子：

① 「速い」〈快的〉→→「速さ」〈速度〉。

② 「甘い」〈甜的〉→→「甘さ」〈甜度〉。

③ 「楽しい」〈快樂的、開心的〉→→「楽し
さ」〈表開心程度，譯開心〉。

④ 「重い」〈很重的〉→→「重さ」〈重量〉。

⑤ 「高い」〈高的〉→→「高さ」〈高度〉。

⑥ 「長い」〈長的〉→→「長さ」〈長度〉。

⑦ 「美味しい」〈好吃的〉→→「美味しさ」〈美
味〉。

20. 焦がれる辛さ　あなた故：＝「焦がれる辛さはあ
なたの故」→→「焦がれる辛さはあなたが故で
す」，翻爲思戀之痛是因爲你。這句和上句第 15 句
歌詞是對句。「焦がれる」（自Ⅱ）①思慕、想念、
愛慕②一心一意嚮往…、渴望③燒焦、烤焦。

21. せめて二人で夢追い舟を漕いで行きたいよね　向
こう岸：＝「せめて二人で向こう岸へ（まで）夢
追い舟を漕いで行きたいよね」。歌詞中省略動詞
「漕いで行く」〈划去〉中的表動詞方向的助詞

「へ」或表動作的終點的「まで」。「せめて」
（副）至少、至少也…。「二人」＋「で」（格助）
表做一動作的狀態→→「二人で」〈兩人〉。「漕
ぐ」（他 I）〈①划槳、搖槳②踩腳踏車③盪鞦韆〉
＋「て」（接助）→→「漕いで行く」（動詞漸遠
態）〈划去…／划走…／划向…〉→→「V2」＋
「たい」（助動）〈想…〉→→「漕いで行きたい」
〈想划去…／想划向…〉 ☞p226-1 。「向こう岸」
（名）對岸。「よね」（終助）輕微提醒對方之意。
整句意思爲「至少我們倆也想把追夢船划向對岸
啊！」。漸遠態文型「V2」＋「〜てゆく」＝
「V2」＋「〜ていく」。【行く】「ゆく」是文言
文。其意有：

A. 表動詞的接續

① 「友達を駅まで送っていく」
　　〈送朋友去火車站〉

② 「子供を連れて行く」〈帶小孩子去〉

B. 表漸遠態。表過去到未来或現在到未来

① 「顔がだんだん変わっていく」
　　〈臉漸漸地變紅〉（表持續在變化中）

② 「だんだん寒くなっていく」
　　〈天氣漸漸地變冷〉（已經冷還會更冷）

③　「空が明るくなっていきます」

　　〈天漸漸亮起來了〉

④　「始めから読んでいきます」〈從頭讀下去〉

22.　A：日語可能動詞，第一類動詞時，將其語尾改成
「え」段音，加上「る」即可。例：

①　「休日は本が読めます」

　　〈休假日，可以看很多書〉

②　「このパソコンは使えません」

　　〈這台電腦不能用〉

③　「この包丁はよく切れます」

　　〈這把菜刀很好切〉

B：第二類動詞改成可能動詞時，「V1」＋「られ
る」（助動），例：

①　「私は辛い物が食べられません」

　　〈我不能吃辣的東西〉

②　「ここでバスを降りられます」

　　〈在這裡可以下公車〉

③　「早く起きられない」

　　〈不能早起〉

後序

　　從醞釀構想這本書開始，到眞正付諸行動作成實體書，也已過多年。除個人工作因素外，日語演歌之艱深和難度，也讓才疏學淺的我，不宜躁進。多年來透過日語文教學，和愛日本歌的學長者們探討的人生經驗中，獲得不少演歌的認識與理解後，才能夠讓本書添加了味道和重量。

　　一首歌的歌詞，有如一首詩，有其背景，而且也內含許多相貌，有苦有樂，有酸有甜，如實地描述人與人、人與景、或人與事等等的微妙關係，細膩之處，詩境之美，如無好的書卷相輔，如無長時間咀嚼，將不知其味，這也是本書出版目的之一。

　　在蒐集資料中，難免有遺珠之憾，但盡可能把相關資訊，呈現在讀者面前，如有疏漏之處，尚請各先進不吝指教。

本書單附歌詞，不隨書附 CD 或歌譜，有不周之處，尚請見諒。

　　仍許多膾炙人口的日本語歌謠，是學員們是琅琅上口的，唱得出來的，今後將繼續努力，陸續將其他好的歌謠編輯出版，儘早與讀者一同分享。

2022 年 7 月

參考資料

一、日文部分

1. 「藤山一郎とその時代」◎池井優◎新潮社◎1997
2. 「歌の中の東京」◎柴田勝章◎中央アート出版社◎1996
3. 「竹田の子守唄」◎藤田正◎解放出版社◎2007
4. 『日本歌學史』◎佐佐木信綱◎博文館◎1901
5. 『日本歌謠集成』◎高野辰之◎春秋社◎1928
6. 『日本歌謠集』明治・大正・昭和の流行歌◎時雨音羽・編◎社會思想社刊◎1963
7. 『日本歌謠童謠集』唱歌・童謠・唄◎飯塚書店編輯部◎飯塚書店◎1977
8. 『歌謠曲のすべて』歌詞集◎浅野純・編◎全音楽譜出版社◎1982
9. 『演歌と日本人』◎山折哲雄◎PHP 研究所◎1984
10. 『日本歌曲選集』◎木眞會編◎音樂之友社◎1985
11. 『ホレホレ・ソング』---哀歌でたどるハワイ移民の歴史◎日本地域社会研究所◎1985
12. 『昭和思い出のうた』野ばら社◎編集部◎1989

13. 『´94 有線ベスト・リクエスト』編集・製作ブレンデュース◎日本音楽著作権協会◎1994

14. 『日本歌謡事典』◎佐佐木信綱◎杉木康彦◎林巨樹◎大修館 1997 再版

15. 『憧れのハワイ航路』◎編集部編◎恒文社◎2001

16. よみがえる『歌声喫茶名曲集』◎監修　長田暁二◎英知出版◎2006

17. 『心の歌』◎大迫秀樹◎金の星社◎2006

18. 『日本の歌・心の歌』◎監修　遠藤幸三◎シンコーミュージック◎2007

19. 『日本の歌』◎監修　林　弘子◎株式会社ヤマハミュージックメディア◎2006

20. 『日本の愛唱歌』◎長田暁二◎ヤマハミュージックメディア◎2007

21. 『ウィキペディア　フリー百科事典』

22. 『日本語文法ハンドブック』◎松岡　弘　監修◎スリーエーネットワーク◎2002

23. 月刊『歌の手帖』マガジンランド◎各期

24. 『広辭苑』◎新村出　編◎岩波書店◎1984

25. 『辞書にないことばの辞典』◎編集者　吉崎淳二◎日本文芸社◎1990

26. 『新選古語辭典』◎中田祝夫　編◎小學館◎1984

27. 『日本國語大辭典』◎小學館◎1973

28. 日本の音楽家を知るシリーズ「服部良一」◎監修 有限会社服部音楽出版◎発行者　須田直治◎2017

二、中文部分

1. 『歡唱學日語』七福視聽外語中心◎七福外語教材 出版社◎1982

2. 『NHK 歌唱學日語』◎梅津吉人、林玉子、林千 惠、陳雅玲編輯◎萬人出版社

3. 『日本的歌謠』◎解說者　葉雪淳◎臺灣波麗音樂

4. 『日本の演歌』◎芝木好子◎藍寶實業有限公司

5. 『歌唱學日語專集』◎張桂廷　編著◎華美圖書出 版社

6. 『演歌わが命』◎福將文化事業有限公司◎編撰者 尤麗英

7. 『現代日語文法』◎劉元孝、劉文伶　著◎幼獅文 化事業◎1984

8. 『唱歌學日語』◎總監修　蔡茂豐◎旺文社◎1993

9. 『外來語大辭典』◎田世昌　主編◎笛藤出版圖書 有限公司◎2001

10. 『基本語用例辭典』◎陳山龍　編譯◎鴻儒堂◎ 1982

11. 『新時代日漢辭典』◎主編　陳伯陶

　　◎大新書局◎1991

12. 『大漢和辭典』◎諸橋轍次　著

　　◎藍燈文化事業有限公司◎1959

三、網站部分

1. www.yahoo.co.jP

2. www.jP.youtube.com

3. www.uta-net.com

4. www.utamaP.com

5. www.nobarasha.co.jP

6. www.geocities.co.jP

7. www.d-score.com

8. jP.youtube.com

9. blog.xuite.net

10. yooy.jP

11. www1.bbig.jP

12. wkP.fresheye.com

13. ja.wikiPedia.org

14. https://dictionary.goo.ne.jp/jn/224827/meaning/m0u/

15. 「J-Lyric.net」【https://j-lyric.net/artist/a000835/l02cb16.html】

16. https://duarbo.air-nifty.com/songs/agyonouta.html

附錄目錄

附録表

表1：第一類動詞活用（五段活用／五段動詞活用）

形	形號	語幹	語尾	主要品詞（助詞／助動詞）＊四方形內爲助詞	備註
未然形	V1		か	ない、ぬ、れる、せる	否定形 使役形 被動形
			こ	う	勸誘形 推量形 意想形
連用形	V2	書	き	ます、たい、そうだ、ながら、たがる、 に、さえ、は、こそ	ます形 中止形 て形
			い	た、て、ても、たり	
終止形	V3 V0		く	そうだ、らしい、まい、 と、から、が、けれど も、し、か、な、とも、 よ、わ、ぞ	原形 辭書形 字典形

連體形	V4	く	時、ようだ、のので、のに、より、ばかり、くらい、ほど、だけ	時（名詞）
假定形	V5	け	ば	
命令形	V6	け	○	

表 2：第二類動詞活用（上下一段動詞活用）

形	形號	語幹	語尾	主要品詞（助詞／助動詞）＊四方形內為助詞	備註
未然形	V1	起	き べ	ない、ぬ、まい、られる、 させる、よう	否定形 勸誘形 被動形 推量形 使役形 意想形
連用形	V2	食	き べ	ます、たい、た、そうだ、たがる、 て、ても、ながら、 に、さえ、は、も、こそ	ます形 中止形 て形
終止形	V3 V0		きる べる	そうだ、らしい・ と、から、が、けれども、し、か、な、 とも、よ、わ、ぞ	原形 辭書形 字典形

連體形	V4		きる・べる	時、ようだ・ので、のに、より、ばかり、くらい、ほど、だけ	時（名詞）
假定形	V5		きれ・べれ	ば	
命令形	V6		きろ・きよ・べろ・べよ	0	

表3：第三類動詞活用（か行變格活用／か行不規則動詞）

形	形號	活用	主要品詞（助詞／助動詞）＊四方形內爲助詞	備註
未然形	V1	こ	ない、ぬ、させる、られる、まい、よう	否定形 使役形 被動形 勸誘形 推量形 意想形
連用形	V2	き	ます、たい、そうだ、たがる、た、て、ても、たり、ながら、に、さえ、は、こそ	ます形 中止形 て形
終止形	V3	来る	そうだ、らしい と、から、が、けれども、し、か、な、とも、よ、わ、ぞ	原形 辭書形 字典形
連體形	V4	来る	時、ようだ、ので、のに、より、ばかり、くらい、ほど、だけ	時（名詞）

假定形	V5	来れ	ば	
命令形	V6	来い	0	

表 4：第三類動詞活用（さ行變格活用／さ行不規則動詞）

形	形號	活用	主要品詞（助詞／助動詞）＊四方形內爲助詞	備註
未然形	V1	し	ない、よう、まい	否定形 勸誘形 推量形 意想形
		さ	せる、れる	使役形 被動形
		せ	ぬ	否定形
連用形	V2	し	ます、たい、そうだ、たがる、た、て、ても、たり、ながら、に、さえ、は、こそ	ます形 中止形 て形
終止形	V3	する	そうだ、らしい、と、から、が、けれども、し、か、な、とも、よ、わ、ぞ	原形 辭書形 字典形

連體形	V4	する	時、ようだ、のので、のに、より、ばかり、くらい、ほど、だけ、	時（名詞）
假定形	V5	すれ	ば	
命令形	V6	しろ せよ	0	

表 5：形容詞變化（い形形容詞）

形	形號	語幹	語尾	主要品詞（助詞／助動詞）＊四方形內爲助詞	備註
未然形	Adj1	寒	かろ	う	推量形
連用形	Adj2		く	ない、なる（V）、する（V）、 て、ても	否定形 て形 中止形 V爲動詞
			かつ	た、たり	過去式
終止形	Adj3 Adj0		い	そうだ、 と、から、が、けれども、し、 ながら、とも、よ、わ	原形 辭書形 字典形
連體形	Adj4		い	時、ようだ、ので、のに、ばかり、くらい、ほど、だけ	時 （名詞）
假定形	Adj5		けれ	ば	
命令形	Adj6		0	0	

表 6：形容動詞變化（な形形容詞／形容動詞）

形	形號	語幹	語尾	主要品詞（助詞／助動詞）＊四方形內爲助詞	備註
未然形	Adjv1	綺麗	だろ	う	推量形
連用形	Adjv2		だっ	た、たり	過去式
			で	ない、ある(V)	否定形 中止形
			に	なる(V)、する(V)	V爲動詞
終止形	Adjv3 Adjv0		だ	そうだ、 と、から、が、けれども し、とも、よ、わ	原形 辭書形 字典形
連體形	Adjv4		な	時、ようだ、 ので、のに、ばかり くらい、ほど、だけ	時（名詞）
假定形	Adjv5		なら	ば	
命令形	Adjv6		0	0	

表7：動詞音便（現代語）

動詞 音便	動詞原形		て形、た形、たら形 ても形、たり形、
	語幹	語尾	
い音便	書	く	書いて
	泳	ぐ	泳いだ
つ音便	会	う	会って
	待	つ	待って
	帰	る	帰って
ん音便	死	ぬ	死んで
	読	む	読んで
	飛	ぶ	飛んで
例外	行	く	行って

表8：「た」過去助動詞（現代語）＊四方形内為助詞

活用形	V1	V2	V3／V0	V4	V5	V6
	たろ	0	た	た	たら	0
下接品詞	う		そうだ、 らしい、 けれども から、 が、し、 わ、よ	ので、の に、ばか り、 ようだ、 體言	ば	

表9:「たい」希望助動詞（現代語）＊四方形内為助詞

活用形	V1	V2		V3／V0	V4	V5	V6
	たかろ	たく	たかつ	たい	たい	たけれ	0
下接品詞	う	て、て、も、ない、なる、動詞	た、たり、	そうだ、らしい、けれども、から、が、し、と	ので、のに、よう、だ、體言	ば	

305

表 10：「ぬ」否定助動詞（現代語）

活用形	V1	V2	V3／V0	V4	V5	V6
	0	ず	ぬ	ぬ	ね	0

表 11：「き」過去式助動詞（文語）

活用形	V1	V2	V3／V0	V4	V5	V6
	0	0	き	し	しか	0

表 12：「ず」否定助動詞（文語）

活用形	V1	V2	V3／V0	V4	V5	V6
	ず	ず	ず	ぬ	ね	0
	ざら	ざり	0	ざる	ざれ	ざれ

表 13：「たし」希望助動詞（文語）

活用形	V1	V2	V3／V0	V4	V5	V6
	たく	たく	たし	たき	たけれ	0
	たから	たかり	たし	たかる	たけれ	0

表 14：「なり」斷定助動詞（文語）

活用形	V1	V2	V3／V0	V4	V5	V6
	なら	なり／に	なり	なる	なれ	なれ

表 15：「たり」斷定助動詞（文語）

活用形	V1	V2	V3／V0	V4	V5	V6
	たら	たり／と	たり	たる	たれ	たれ

表 16：「る」被動可能尊敬自發助動詞（文語）

活用形	V1	V2	V3／V0	V4	V5	V6
	れ	れ	る	るる	るれ	れよ

表 17：形容詞（「く」活用形容詞）（文語）

語幹	高							
語尾	く	から	く	かり	し	き	かる	けれ	かれ
未然形		連用形		終止形	連體形		已然形	命令形
V1		V2		V3／V0	V4		V5	V6

表 18：形容詞（「しく」活用形容詞）（文語）

正								
しく	しから	しく	しかり	し	しき	しかる	しけれ	しかれ
未然形		連用形		終止形	連體形		已然形	命令形
V1		V2		V3／V0	V4		V5	V6

表 19：「そうだ」樣態助動詞（現代語）

形	形號	語幹	語尾	主要品詞（助詞／助動詞）＊四方形內為助詞	備註
未然形	Adjv1		だろ	う	推量形
連用形	Adjv2		だっ	た、	過去式
			で	ない、ある(V)	否定形
			に	なる(V)	V 為動詞
終止形	Adjv3 Adjv0	そう	だ	と、から、が、けれど もし、	原形 辭書形 字典形
連體形	Adjv4		な	體言 ので、のに、	時 （名詞）
假定形	Adjv5		なら	ば	
命令形	Adjv6		0	0	

表 20：「だ=です」斷定助動詞（特殊型）（現代語）

形	形號	語幹	語尾	主要品詞（助詞／助動詞）＊四方形內爲助詞	備註
未然形	V1		だろ でしょ （特殊型）	う	推量形
連用形	v2	だ	だっ	た、	過去式
			でし （特殊型）	た	過去式
			で	ない、ある(V)	否定形 V 爲動詞
終止形	v30		だ です （特殊型）	と、から、が、けれ ども し、	原形 辭書形 字典形
連體形	v4		な です （特殊型）	ので、のに、の	
假定形	v5		なら	ば	
命令形	v6		0	0	

表 21：「べし」推量意志可能當然助動詞（「く」型形容詞活用）
（文語）

形	形號	語幹	語尾	主要品詞（助詞／助動詞）＊四方形內為助詞	備註
未然形			く	ず	
			べから		
連用形			く		
			べかり		
終止形		べ	し		原形 辭書形 字典形
連體形			き	時	
			べかる	である	
假定形			げけれ	ば	
命令形			0	0	

表 22：「思ふ」（他 1）（文語）

思					
は	ひ	ふ	ふ	へ	へ
む、 ず、 ば、で	けり、た り、て	らむ、 べし、 と、 とも	なり、 が、 に、を	ば ど、 ども、	○
未然形	連用形	終止形	連體形	已然形	命令形
V1	V2	V3	V4	V5	V6

表23:「ようだ」比況助動詞（現代語）

形	形號	語幹	語尾	主要品詞（助詞／助動詞）＊四方形內爲助詞	備註
未然形	Adjv1		だろ	う	推量形
連用形	Adjv2		だっ	た、	過去式
			で	ない、ある(V)	否定形
			に	なる(V)	V爲動詞
終止形	Adjv3 Adjv0	よう	だ	と、から、が、けれど も し、	原形 辭書形 字典形
連體形	Adjv4		な	體言 ので、のに、	時 （名詞）
假定形	Adjv5		なら	ば	
命令形	Adjv6		0	0	

表 24：「られる」被動可能尊敬自發助動詞（現代語）

活用形	V1	V2	V3／V0	V4	V5	V6
	られ	られ	られる	られる	るれれ	られよ られろ

表 25：「れる」被動可尊敬自發助動詞（現代語）

活用形	V1	V2	V3／V0	V4	V5	V6
	れ	れ	れる	れる	れれ	れよ れろ

表 26：「聞く」（他 1）（文語）＊四方形内為助詞

聞					
か	き	く	く	け	け
む、ず、ば、で	けり、たり、て	らむ、べし、と、とも	なり、が、に、を、	ば、ど、ども	0
未然形	連用形	終止形	連體形	已然形	命令形
V1	V2	V3	V4	V5	V6

Notes

Notes

國家圖書館出版品預行編目資料

明解日本語の歌Ⅲ／周昌葉編著. −初版.−臺
中市：白象文化事業有限公司，2023.1
　　面；　　公分
ISBN 978-626-7189-55-9（平裝）

1. CST：歌曲 2. CST：日語 3. CST：讀本
803.18　　　　　　　　　　　111016491

明解日本語の歌Ⅲ

編　　著　周昌葉
校　　對　周昌葉
發 行 人　張輝潭
出版發行　白象文化事業有限公司
　　　　　412台中市大里區科技路1號8樓之2（台中軟體園區）
　　　　　出版專線：（04）2496-5995　　傳真：（04）2496-9901
　　　　　401台中市東區和平街228巷44號（經銷部）
　　　　　購書專線：（04）2220-8589　　傳真：（04）2220-8505
專案主編　黃麗穎
出版編印　林榮威、陳逸儒、黃麗穎、水邊、陳婉婷、李婕
設計創意　張禮南、何佳諠
經紀企劃　張輝潭、徐錦淳、廖書湘
經銷推廣　李莉吟、莊博亞、劉育姍、林政泓
行銷宣傳　黃姿虹、沈若瑜
營運管理　林金郎、曾千熏
印　　刷　基盛印刷工場
初版一刷　2023 年 1 月
定　　價　450 元